Hélèna Villovitch

# F comme Ferdinand

Neuf
*l'école des loisirs*
11, rue de Sèvres, Paris 6e

Du même auteur à *l'école des loisirs*

Collection NEUF

*Ferdinand et ses micropouvoirs*
*Les nouveaux micropouvoirs de Ferdinand*

*Mona Lisa et moi*
*À la fraise*


*Loi n° 49.956 du 16 juillet 1949 sur les publications destinées à la jeunesse : octobre 2013*
*Dépôt légal : octobre 2013*
*Imprimé en France par CPI Bussière à Saint-Amand-Montrond*
*N° d'édit. : 1. N° d'impr. : 2004812.*

ISBN 978-2-211-21617-3

# 1

Ce matin-là, lorsque je me suis réveillé, tout était étrange. Et même un peu plus qu'étrange, en vérité. Je me suis demandé si…

Non. Cette histoire ne peut pas commencer de cette manière. C'est impossible. D'abord, était-ce vraiment le matin ? Rien ne l'indiquait. L'atmosphère était douce, un rayon de soleil filtrait dans la chambre à travers les rideaux. J'étais allongé sur un lit douillet, recouvert d'une couette à la fois chaude et légère. Je n'avais mal nulle part. Au contraire, je me sentais bien, en parfaite sécurité.

Mais quand j'ai ouvert les yeux – et pendant un très long moment –, j'étais incapable de formuler toutes ces informations. Et pour cause : ma tête était complètement vide. Comme si j'étais un ordinateur à la mémoire effacée. Les notions de «matin», de «soleil», de «rideau» ou de «couette» n'avaient aucune signification pour moi. Même le verbe «se réveiller» ne voulait rien dire. Ce n'est qu'aujourd'hui, en me rappelant ce drôle de moment, que je suis en mesure de nommer les objets qui m'entouraient et les gestes que je faisais. Je me suis assis sur le lit.

«Moukajou.» Voilà le seul mot qui m'est venu en tête. J'ai remué les lèvres, et ce même mot s'en est échappé. «Moukajou.» Alors je l'ai répété. «Moukajou, Moukajou, Moukajou.» C'était une mélodie entêtante que j'aurais pu fredonner éternellement sans jamais m'en lasser.

Malgré l'étrangeté de la situation, je n'étais pas du tout nerveux ni angoissé. Je ne me posais pas de questions, je prenais les choses les unes après les autres. J'ai posé le pied droit sur le sol en disant «Moukajou», et ensuite le pied gauche. «Moukajou, Moukajou.» J'ai esquissé un pas, puis deux, puis trois. «Moukajou, Moukajou, Moukajou.» Ce mot qui n'avait aucun sens rythmait chacun de mes mouvements. Quand j'y repense, cela me paraît bizarre, mais à ce moment-là cela me convenait. Je n'en demandais pas plus.

Si quelqu'un m'avait regardé, il m'aurait pris pour un fou. Et peut-être bien que je l'étais en effet. Je touchais un mur et j'appréciais avec une sorte de gourmandise l'effet que son contact produisait sur ma paume. Puis je regardais ma main avec une intense curiosité. Je ressentais par la fenêtre ouverte une fraîcheur qui se répandait sur mon visage et me faisait légèrement frissonner. Le soleil m'éblouissait. Je clignais des yeux. Ces sensations minuscules me remplissaient d'émerveillement. En guise d'unique commentaire, je répétais : « Moukajou, Moukajou, Moukajou. » D'une certaine manière, je crois bien que je ressentais une sorte de… Oui, c'est ça : de bonheur.

J'étais comme un bébé âgé de quelques mois qui ne connaît rien de l'univers et pour qui tout est nouveau. Je découvrais mon corps et l'infini territoire d'exploration que celui-ci me proposait. Rien que l'examen des doigts de ma main gauche se révélait passionnant. La souplesse de mon poignet, la perfection avec laquelle mon pouce et mon index se rejoignaient pour attraper un grain de poussière voletant dans la lumière, ces minuscules miracles suffisaient à me combler de joie. Je ne me formulais aucune phrase construite, je ne me demandais pas ce qui allait arriver la minute suivante, je vivais à fond dans le présent. C'était génial.

Je ne sais pas combien de temps ce ravissement a duré. À un moment, j'étais assis par terre. Je jouais avec mes orteils en babillant gaiement (« Mou-ka-jou-ou-ouh… ») lorsqu'un grincement a résonné dans la pièce. Instinctivement, j'ai tourné la tête vers ce son inédit. Une porte était en train de s'ouvrir. Progressivement apparaissait une silhouette lumineuse. Je n'avais pas, à cet instant, d'élément de comparaison. Pourtant, j'ai immédiatement compris que j'étais face à la plus belle vision du monde. J'ai tendu les deux mains vers elle en articulant avec conviction :

– Moukajou !

Qu'aurais-je pu dire d'autre ? C'était le seul mot que je connaissais ! Lorsque la belle dame vêtue de blanc s'est adressée à moi, lorsque sa bouche rose pâle a émis des sons mélodieux dont, en tout autre occasion, j'aurais certainement compris le sens, je n'ai rien perçu d'autre que l'immense affection qu'elle éprouvait pour ma personne. Maladroitement, je me suis dressé sur mes pieds pour m'envelopper de son parfum délicieux. Nous sommes restés longtemps enlacés, la dame et moi, sans prononcer un mot. Puis elle m'a guidé avec délicatesse vers le lit. J'ai compris qu'elle souhaitait que je me recouche. Personnellement, je n'aspirais qu'à lui faire plaisir. D'ailleurs, je tombais de sommeil. À peine ai-je posé la tête sur l'oreiller que j'ai perdu conscience.

*
* *

Lorsque je me suis réveillé pour la deuxième fois, la situation avait quelque peu évolué. La chambre était plongée dans l'obscurité.

Beaucoup de temps semblait s'être écoulé

durant mon sommeil, mais je ne savais pas s'il s'agissait de plusieurs heures ou de plusieurs jours.

J'ai tendu la main hors du lit, jusqu'à ce qu'elle rencontre l'interrupteur d'une lampe posée sur une table. J'ai allumé la lumière. « Lumière », « table », « lampe »… Tout à coup, je me suis rendu compte que je connaissais ces mots et leur signification, et que cela me faisait rudement plaisir. La machinerie de mes pensées se remettait en marche. Certes, je n'avais pas recouvré l'étendue de mes capacités intellectuelles. Je me sentais complètement perdu dans cette chambre étrangère. Mais au moins, mes idées s'étaient suffisamment rassemblées pour que j'aie la certitude que quelque chose clochait. Le mot « Moukajou » m'est revenu. Il était lié à une sensation agréable. J'avais beau me creuser la tête, je n'en savais pas plus. J'ai imposé à mon cerveau de penser à autre chose. Un nouveau mot est monté à ma conscience. « Amnésique. » Oui, amnésique. Car c'était exactement ce que j'étais.

C'est une expérience intéressante à vivre, l'amnésie. Je n'avais pas *tout* oublié, seulement certaines choses. Histoire de faire le point sur la situation, j'ai dressé mentalement une liste des mots que je connaissais. Vélo, fauteuil, chaussures, téléphone, jeu vidéo… Je voyais très bien à quels objets ils correspondaient. J'ai tenté de me remémorer des noms d'animaux compliqués. Fennec, hippocampe, mante religieuse, boa constrictor. Cela ne m'a posé aucun problème. Je me suis même souvenu du jackalope, cet étonnant lièvre à cornes que l'on rencontre parfois dans les grandes plaines des États-Unis d'Amérique. J'étais capable de réciter les premiers vers de ce poème de Paul Éluard :

*La courbe de tes yeux fait le tour de mon cœur,*
*Un rond de danse et de douceur,*
*Auréole du temps, berceau nocturne et sûr…*

En revanche, je n'avais aucune, mais alors aucune idée de la manière dont j'étais arrivé dans cette pièce blanche qui m'évoquait à présent une chambre d'hôpital. Cela commençait à m'inquiéter. Heureusement, la porte s'est ouverte, et la belle dame est entrée.

– Bonjour, madame, ai-je dit.

J'avais parlé très poliment ; aussi n'ai-je pas compris pourquoi elle a éclaté de rire. Se moquait-elle de moi ? Non, je n'en avais pas l'impression. Face à mon air stupéfait, elle a repris son sérieux.

– Tu sais qui je suis ?

Comme je ne voulais pas la vexer, je lui ai répondu qu'il me semblait l'avoir déjà vue. Elle s'est assise sur mon lit et a dit :

– Il est tout à fait normal que tu aies oublié certaines choses. Ne t'inquiète pas, tout va te revenir. Il suffit de prendre son temps.

– Comment vous appelez-vous ?

Ma question l'a fait sourire.

– Tu le sauras bientôt. Pour l'instant, tu peux m'appeler, disons… Océanie.

Je me suis demandé pourquoi la dame ne voulait pas me révéler son véritable prénom. Faisait-elle partie de ce genre de personnes qui adorent les secrets ? Si oui, cela tombait mal, car j'avais très envie d'obtenir des réponses aux questions que je me posais. À défaut d'un interlocuteur plus coopératif, j'ai continué à l'interroger.

– Où sommes-nous, s'il vous plaît, madame Océanie ? Qu'est-ce que je fais ici ? Est-ce que quelqu'un m'a amené ? Combien de temps vais-je rester ? Suis-je prisonnier ?

– Prisonnier, sûrement pas, a protesté la dame. Personne ne t'a forcé, c'est toi-même qui as désiré venir. Tu as le droit de partir quand tu veux, mais je trouve qu'il serait dommage de ne pas faire connaissance. Qu'est-ce que tu en penses ?

Je n'ai pas apprécié ce ton mystérieux. La dame avait beau dire que j'étais libre, j'avais l'impression d'être retenu contre mon gré dans cette pièce blanche. Ma tête est devenue lourde, et j'ai senti que bientôt je ne pourrais pas faire autre chose que de la reposer sur l'oreiller et sombrer à nouveau dans le sommeil. Dans une tentative désespérée pour reprendre le dessus, j'ai crié :

– Qu'est-ce que vous m'avez fait ? Vous avez effacé le contenu de mon cerveau ou quoi ? Je ne sais même pas comment je m'appelle ! Quel est mon prénom ?

La dame a ri doucement, non pas pour se moquer de moi, mais plutôt comme si je venais de dire une chose très drôle qui aurait dû me faire rire, moi aussi. Mais au lieu de me donner la solution de l'énigme, elle a prononcé ces mots :

– N'aie crainte, tu te rappelleras qui tu es quand le moment sera venu. Et tu sauras aussi qui je suis.

J'allais protester lorsqu'elle s'est penchée sur moi et m'a entouré de ses bras. C'était si bon, j'étais tellement ému que les larmes me sont montées aux yeux.

Comparé à tout cet amour, un prénom était bien peu de chose.

## 2

La plupart du temps, je ne me souviens pas de mes rêves. Ou alors il m'en revient seulement quelques éléments un peu vagues. Lorsque j'essaie de les raconter à quelqu'un, par exemple à Babouche, qui est mon meilleur copain, je m'emmêle tellement les pinceaux que ni lui ni moi n'y comprenons rien au bout du compte. Et nous passons bien vite à autre chose.

Mais ce matin-là, à mon réveil, c'était très différent. Non seulement je me souvenais de chaque détail et de chaque sensation du rêve de la nuit précédente, mais j'avais l'impression de les avoir réellement vécus. La pièce aux murs blancs, la dame avec son drôle de prénom…

Du coup, dans cette chambre recouverte de photos d'animaux (un fennec courant dans le désert, un hippocampe évoluant dans les fonds sous-marins, une mante religieuse en gros plan, un boa constrictor enroulé sur lui-même, un jackalope bondissant), dans cette chambre au désordre familier qui était la mienne depuis presque un an, j'éprouvais un sentiment d'étrangeté. Étais-je vraiment éveillé ou bien était-ce la chambre blanche de mon rêve qui était réelle ? Comment le savoir ? En plus d'être dans un état cotonneux, j'avais un peu mal à la tête. La solution était peut-être de me rendormir… C'est ce que j'aurais probablement fait si un appel puissant ne m'avait pas rappelé aux choses essentielles :

– *Breakfast !*

Depuis qu'il est revenu des États-Unis, Thierry s'est pris de passion pour les petits déjeuners à base d'œufs sur le plat, de lard rissolé dans la graisse, de saucisses grillées et de toasts beurrés. En Arizona, à ce qu'il m'a raconté, il ne viendrait à l'idée de personne de commencer sa journée sans avoir avalé une copieuse ration de protéines et de lipides, largement arrosée de ketchup. Ainsi, chaque matin, il tente de nouvelles expériences et améliore le goût et la couleur de ses créations. Au début, c'était un peu étrange de respirer des odeurs de friture dès le réveil, mais mon estomac s'y est très vite habitué. Et grâce à cette nouvelle lubie de mon grand-père, le petit déjeuner est devenu un moment privilégié pour discuter.

– Alors, Ferdinand, bien roupillé ?

J'ai tressailli, mais pas à cause de l'expression désuète de mon grand-père. Ces vieux mots datant du temps de son adolescence et qu'il continue d'utiliser pour, croit-il, rester dans le coup, j'y suis habitué. Non, ce qui m'a semblé drôle, c'est que Thierry prononce mon prénom. Ferdinand. Ce matin-là, cela m'a fait l'effet d'un électrochoc.

Car dans ce rêve interminable et encore tellement présent à ma mémoire, je n'avais pas de prénom. Ou plutôt, j'en avais un dont je n'arrivais pas à me souvenir, et c'était ce qui, justement, rendait le souvenir de ce rêve un peu pénible…

Ferdinand. Entendre mon prénom m'a remis les idées en place.

– Chouette, me suis-je exclamé. Tu as fait des crêpes !

– Oui, a dit Thierry. Tu vas les adorer. Les Amerloques appellent ça des pancakes et ils les noient sous des litres de sirop à base de sucre et de beurre.

« Les Amerloques ! » J'ai été saisi d'un petit rire et d'un énorme élan d'affection pour mon si jeune grand-père qui, même en élégant pyjama noir, ne peut pas s'empêcher d'arborer une casquette de base-ball et un badge des Gibbons Braillards, le groupe de rock dont il est le manager. J'ai fait le tour de la table pour lui sauter au cou. Il s'est mis aussitôt à hurler :

– *Help! Help!*

Du coup, en entendant crier au secours, Stéphanie est apparue, elle aussi en pyjama. C'est la petite amie actuelle de mon grand-père, et je croise les doigts pour qu'elle le demeure longtemps. Car en plus d'être très chouette, elle travaille à la bibliothèque municipale, ce qui fait qu'elle a toujours plein d'idées de livres à lire auxquels je n'aurais pas pensé.

Par exemple, elle m'a rapporté l'autre jour *Le livre de sable*, de Jorge Luis Borges, un écrivain argentin à qui il est arrivé tout un tas de choses bizarres, comme par exemple de rencontrer son double, mais dans une version beaucoup plus jeune de sa personne. En lisant cette histoire, j'ai pensé qu'après tout il n'était pas si extraordinaire de posséder comme moi des superpouvoirs dont on ne peut parler à personne, sous peine d'être pris pour un fou, et cela m'a fait du bien.

Au bout du compte, les crêpes superdélicieuses et l'ambiance ultracool qui régnait dans la cuisine m'ont complètement sorti de mon humeur mélancolique. Le rêve de la chambre blanche a fini par s'effacer. J'aurais bien aimé rester à la maison et passer la journée avec Thierry et Stéphanie, mais je ne crois pas que mademoiselle Mouette aurait apprécié.

Mademoiselle Mouette est la maîtresse de la

classe à laquelle j'ai la chance d'appartenir. Et si je dis « la chance », c'est vraiment parce que je le pense. Je sais que certaines personnes dans l'école n'apprécient pas notre classe, en particulier la directrice. Cette dernière trouve que nous sommes turbulents et impertinents. Récemment encore, elle avait l'habitude, lorsqu'elle croisait l'un d'entre nous, de lever les yeux au ciel, et parfois même les bras, en soupirant : « C'est joyeux… »

Mais depuis qu'elle est tombée en arrêt, de manière tout à fait accidentelle, sur un dessin la représentant dans cette situation (je pense que le mot exact pour définir ce type de dessin est « caricature »), elle se contente de lever les yeux au ciel sans rien dire. Tout le monde dans l'école se réjouit de ce changement. Au début, je n'étais pas très fier d'être l'auteur de ce dessin (qui a également, je dois l'avouer, failli causer un drame), mais au fond je ne regrette pas de l'avoir fait.

Il y a plusieurs raisons pour lesquelles j'apprécie de faire partie de cette classe. D'abord, nous ne sommes que huit élèves, ce qui est beaucoup plus agréable pour travailler. Et puis il se trouve que chaque enfant y a été accepté pour une raison particulière, un talent bien précis.

Jean-Vasistas, par exemple, est incroyablement fort en mathématiques. Il peut effectuer de tête des multiplications et des divisions avec une foule de chiffres et de virgules aussi rapidement qu'un ordinateur. De plus, pour n'importe quelle date de n'importe quel siècle, par exemple le 24 juin 1991, il peut dire sans réfléchir si c'était un lundi, un mardi ou un autre jour de la semaine. Certaines personnes estiment qu'il serait plus utile à Jean-Vasistas de savoir lire et écrire que de posséder ce talent farfelu. C'est un peu vrai, sans doute, mais je ne peux pas m'empêcher de l'admirer pour son aisance avec les nombres.

Gaufrette est, elle aussi, une fille exceptionnelle. Bien que très jeune (elle n'a même pas sept ans), elle a mis au point un système de communication très élaboré. Il faut que je précise qu'elle ne parle pas ; personne à ma connaissance n'a jamais entendu un son franchir le seuil de sa gorge. Moi, si je n'avais pas la parole pour exprimer mes sentiments, je serais complètement perdu. Mais Gaufrette, pour sa part, s'en sort d'une manière admirable. Elle a toujours sur elle un petit carnet où elle trouve le moyen d'exprimer les idées les plus complexes en quelques mots seulement.

Justement, ce matin-là, à peine avais-je franchi la grille de l'école que Gaufrette, l'air surexcitée, brandissait son carnet sous mon nez : « TA PAN C. O BUL ? »

J'ai oublié de préciser que Gaufrette n'est pas encore une virtuose en ce qui concerne l'orthographe. Même si elle réalise chaque jour des progrès spectaculaires, il arrive que je ne comprenne pas tout à fait ce qu'elle veut dire. Là, par exemple, je ne voyais pas du tout de quoi il était question. J'étais en train de m'armer de tact pour lui demander des précisions lorsque Babouche a foncé sur nous en agitant les bras.

– Les bulles ! Tu y as pensé, Ferdinand ? Les bulles !

Ces paroles étaient pour moi tout aussi énigmatiques que les écrits de Gaufrette, mais mes deux meilleurs amis me fixaient avec un air tellement convaincu que je n'ai pas osé leur avouer que je ne savais pas de quoi ils parlaient. Des bulles ? Mais quel genre de bulles ? Et pour quoi faire ? Avant que je n'obtienne une réponse à ces interrogations, la sonnerie a retenti, et il n'était plus question d'élever la voix avant d'être entré en classe, sous peine de déclencher le courroux de notre directrice.

Chacun s'est installé à sa place. Comme nous sommes tous d'âges et de niveaux scolaires différents, nous avons l'habitude de travailler de manière indépendante. Pour ma part, ces jours-ci, je me bagarrais avec des exercices de géométrie particulièrement costauds. J'ai donc sorti le cahier dévolu à cette matière et j'allais me mettre à tracer des cercles et des segments lorsque mademoiselle Mouette a demandé à tout le monde de cesser ses activités pour l'écouter.

– J'espère, a-t-elle dit, que vous êtes parfaitement au point pour me faire vos propositions.

J'ai regardé les autres élèves. Tous se tenaient bien droits sur leur chaise, sauf Ibis qui préfère s'installer sous sa table avec ses livres et ses cahiers. Mais même cette dernière, qui se montre souvent craintive et peu sûre d'elle, affichait un regard clair et une mine convaincue. Chacun attendait avec calme que mademoiselle Mouette lui donne la parole. Notre institutrice, apparemment satisfaite que sa classe souvent dissipée se tienne si bien, a fait signe à Jean-Vasistas de commencer.

– La théorie de la relativité, a annoncé celui-ci.

Mademoiselle Mouette n'a pas pu s'empêcher de pousser un petit sifflement admiratif.

– Albert Einstein, rien que ça ! Eh bien, cela promet d'être instructif pour tout le monde.

Puis elle a fait signe à Chacal de parler. Celui-ci, qui a l'air toujours plus ou moins de se remettre d'une crise de larmes ou bien de préparer la suivante, avait l'air inhabituellement serein lorsqu'il a articulé de manière parfaite :

– Les univers parallèles.

– Vaste sujet, a commenté mademoiselle Mouette en souriant.

J'étais complètement perdu. Non seulement je ne savais pas de quoi parlaient Jean-Vasistas et Chacal, mais j'ignorais les règles de ce nouveau jeu où, semblait-il, chacun devait débiter une suite de mots incompréhensibles, que mademoiselle Mouette accueillait avec le plus grand naturel. Est-ce que j'avais raté un épisode ? Notre institutrice continuait de faire le tour de la classe. Elle a invité Aria à s'exprimer.

– Les règles du football américain, a lancé celle-ci sur ce ton de défi qui lui est familier.

– Bravo, Aria, a dit mademoiselle Mouette.

J'ai commencé à me sentir très mal. Est-ce que j'étais encore en train de rêver ? Dans ce cas, cela ressemblait à un cauchemar. Pour ne rien arranger, mademoiselle Mouette regardait dans ma direction. Est-ce qu'elle allait... Oh, non ! Elle me faisait signe. C'était à mon tour de parler.

– Dis-nous tout, Ferdinand.

Les regards étaient braqués sur moi, en particulier ceux de Gaufrette et de Babouche, tout à coup surexcités.

– Vas-y, dis-leur, m'a chuchoté Babouche.

Leur dire ? D'accord, mais leur dire quoi ? J'étais comme un acteur qui, sur la scène du théâtre, aurait oublié son texte. J'ai regardé autour de moi, mais aucun souffleur ne semblait disposé à m'aider. Alors, tandis que je scrutais en vain le vide intersidéral de mon cerveau, ce mot est sorti tout seul de ma bouche :

– Moukajou !

Mademoiselle Mouette n'a pas eu l'air extrêmement surprise. « Pensif » serait plutôt l'adjectif pour qualifier le ton sur lequel elle a lâché :

– Moukajou… Ma foi, ce n'est pas une mauvaise idée. Nous avons certainement beaucoup à apprendre de la lointaine Moukajou… Ferdinand, si je ne m'abuse, tu fais équipe avec Gaufrette et Babouche ?

J'ai regardé mes amis. Gaufrette était furieuse. Elle griffonnait avec rage sur son carnet, tandis que je devinais chez Babouche l'arrivée imminente de l'une de ses fameuses crises. Ça n'a pas loupé. Quelques secondes plus tard, il hurlait de toutes ses forces :

– CROQUEMITAINE ! PORTEMANTEAU ! NÉNUPHAR !

Quiconque ne serait pas au courant de cette particularité que présente Babouche avec ses vociférations intempestives pourrait être tenté de chercher un sens caché dans les sons qui lui échappent dans ces moments-là. Mais ce serait peine perdue : ni Babouche ni aucun de ses proches ni même aucun médecin n'ont jamais trouvé de logique à l'énumération des mots qu'il profère. La plupart du temps, les crises de Babouche ne durent que quelques secondes. Tout le monde dans la classe en a pris l'habitude. Personne n'y prête plus attention. Ce jour-là, cependant, la crise prenait de l'ampleur. Alors que Babouche redoublait d'efforts pour prononcer une phrase cohérente, les mots se télescopaient :

– Non mais, Ferdinand, ce n'est pas... ÉTUI À LUNETTES ! On avait dit que... CASSE-

CROÛTE ! On était d'accord pour... MONOCYCLE ! Ah non ! Ce n'est pas juste, à la fin !

J'étais désolé pour Babouche, qui avait l'air très fâché de ne pouvoir s'exprimer comme il l'aurait voulu. De son côté, Gaufrette avait pratiquement transpercé son carnet à force d'y griffonner avec son stylo, et à présent, elle en arrachait les pages une par une pour en confectionner des boulettes qu'elle jetait de toutes ses forces sur moi. Je ne l'avais jamais vue dans un tel état de fureur.

Un drame était en train de se dérouler, et tout donnait à croire qu'avec mon « Moukajou » c'était moi qui l'avais déclenché. Que faire pour que cesse cette agitation ? Aria, contaminée par l'ambiance houleuse qui régnait dans la classe, commençait à taper du pied en prenant un air féroce. Ibis montrait des signes d'inquiétude et louchait vers le radiateur, derrière lequel il lui arrive d'aller se cacher lorsqu'elle est vraiment terrifiée. Il va sans dire que Chacal avait depuis le début éclaté en sanglots. Quant à Strapontin, il était debout sur sa table en train de tirer des coups de feu imaginaires autour de lui ; tel un cow-boy, il soufflait ensuite sur ses deux doigts pour refroidir le canon de son colt. Il n'y avait que Jean-Vasistas pour conserver son sang-froid, mais sans doute était-ce parce qu'il comptait quelque chose ; peut-être le nombre de secondes qu'il restait avant que la situation ne tourne à la catastrophe…

La patience constitue la principale qualité de mademoiselle Mouette. Il est très, très rare qu'elle se fâche. D'ailleurs, c'est sans la moindre agressivité qu'elle a dit :

– Gaufrette, Babouche, Ferdinand, allez faire un petit tour dans la cour et revenez quand vous serez calmés.

Je suis sorti la tête basse, suivi par mes amis qui n'attendaient que de se retrouver seuls avec moi pour me traiter de tous les noms.

« SALE TRAÎTRE », était-il écrit sur le papier chiffonné qu'a placé Gaufrette sous mon nez.

J'ai préféré ne pas formuler de remarque, mais en mon for intérieur j'ai noté que la fureur faisait faire des progrès en orthographe à mon amie.

Quant à Babouche, il m'a demandé :

– Qu'est-ce qui t'a pris, idiot ? On s'était pourtant mis d'accord tous les trois ! Qu'est-ce que tu es allé inventer avec cette histoire de Moujakou ?

– Moukajou, ai-je rectifié.

– Moukajou ou Moujakou, a dit Babouche, ça revient au même. De toute manière, c'est nul. On devait faire des recherches sur les bulles, ce n'est pas possible que tu aies oublié ça !

Cela me revenait à présent. Hier, la maîtresse avait demandé à chacun des élèves de proposer un sujet sur lequel il avait envie de présenter un exposé. Comme nous avions le droit de travailler en groupe, Babouche, Gaufrette et moi avions réfléchi à quelque chose qui nous intéressait tous les trois : nous voulions chercher à comprendre comment les fabricants de boissons gazeuses s'y prennent pour ajouter les bulles dans le liquide, pourquoi certaines bulles sont plus grosses que d'autres et pourquoi elles ont tendance à exploser à la surface quand on ouvre la bouteille. C'était un sujet magnifique qui promettait une série d'enquêtes palpitantes dans les usines de soda. Des interviews et des révélations qui ne manqueraient pas de passionner tous nos copains lorsque nous leur ferions part de nos découvertes.

Le problème, c'est qu'entre-temps j'avais fait ce rêve déstabilisant qui avait emmêlé le fil de mes idées.

« C QUOI MOUCAJOU ? » a écrit Gaufrette sur son carnet.

– Aucune idée, ai-je répondu. Je ne crois pas que ça ait plus de sens que les déblatérations de Babouche quand il est énervé. Et même si, par hasard, cela veut dire quelque chose, je me fiche complètement de Moukajou. Je vais dire à mademoiselle Mouette que je me suis trompé et qu'on fait le truc sur les bulles, OK ?

Gaufrette, Babouche et moi nous sommes tapé dans les mains pour sceller notre accord, puis j'ai timidement frappé à la porte de notre classe.

Tout le monde s'était calmé. Jean-Vasistas était au tableau et expliquait avec brio le principe de la multiplication, tandis que les autres l'écoutaient attentivement. Lorsqu'il a terminé, j'ai levé la main.

– Qu'est-ce qu'il y a, Ferdinand ? a demandé mademoiselle Mouette. Tu as une question qui concerne la multiplication ?

– Non, en fait, c'était au sujet de l'exposé. Avec Gaufrette et Babouche, on voudrait parler des bulles. Les bulles dans les bouteilles d'eau ou de limonade et euh… aussi dans les canettes de soda et…

Mademoiselle Mouette m'a regardé sévèrement. J'ai dit qu'elle ne se fâchait pas souvent, et c'était vrai. Mais là, elle avait l'air à court de patience.

– On ne va pas revenir là-dessus, a-t-elle déclaré fermement. Vous avez eu assez de temps, tous les trois, pour réfléchir à votre sujet et pour me le présenter. Maintenant, il est trop tard pour changer. C'est Moukajou, un point, c'est tout.

– Mais Moukajou n'existe pas, ai-je protesté d'une petite voix. C'est juste un rêve complètement idiot que j'ai fait.

Mademoiselle Mouette a alors fait une chose dont je la croyais incapable. Elle a froncé les sourcils d'une manière telle que son visage s'est déformé et qu'elle en est devenue presque laide. En constatant ce phénomène, je me suis juré de ne plus jamais tenter quoi que ce soit qui puisse le déclencher.

– Bien sûr que Moukajou existe ! s'est-elle exclamée. J'ai bien envie de vous y envoyer, tous les trois, en reportage pour être tranquille ici quelque temps. Vous allez vous mettre à travailler le plus vite possible. Votre exposé a intérêt à être convaincant, sinon…

Sinon quoi ? Je ne tenais pas à le savoir.

Jamais, à ma connaissance, mademoiselle Mouette n'avait donné de punition à un élève. C'était la première fois que je l'entendais formuler l'ébauche d'une menace. Gaufrette a baissé la tête et Babouche m'a fait signe de me tenir à carreau.

Puisque Moukajou était quelque chose (ou plutôt quelque part, comme semblait l'indiquer la menace de mademoiselle Mouette de nous y envoyer), nous allions nous pencher sur la question. Après tout, ai-je pensé, peut-être de cette affaire de Moukajou va-t-il sortir une aventure passionnante ?

Je ne savais pas encore à quel point j'avais raison.

# 3

Vingt et un kilomètres carrés, ce n'est pas tout à fait rien. Mais pour une île, quand on y pense, c'est quand même minuscule. La Grande-Bretagne, par exemple, recouvre 229 800 kilomètres carrés. La Corse, 8 680 kilomètres carrés. L'île de Ré, où je suis allé, un été, camper avec Thierry et qui est assez petite pour qu'on puisse la parcourir à vélo en une seule journée, fait tout de même quatre-vingt-cinq kilomètres carrés.

– … ainsi, ai-je dit, avec ses vingt et un kilomètres carrés, Moukajou n'est pas très impressionnante. De plus, elle est remarquablement plate. Lorsqu'on la regarde sur une photographie prise par satellite, on constate qu'elle a, en gros, la forme d'une patate ordinaire. On distingue très nettement une route circulaire qui longe la plage. Lorsqu'ils sont désœuvrés, les habitants de Moukajou grimpent dans leur voiture et font le tour de l'île sans se presser, ce qui leur prend environ trente minutes. S'il ne leur est pas venu à l'esprit, tandis qu'ils roulaient, une meilleure solution pour occuper leur temps libre, il arrive qu'ils repartent pour un deuxième tour. Et même parfois pour un troisième…

En m'écoutant lire le récit de la vie quotidienne sur Moukajou tel que j'avais commencé à le rédiger, Gaufrette s'est mise à bâiller de manière exagérée. Je me suis fait la remarque qu'il existait de meilleurs moyens de soutenir ses collègues lors d'un travail d'équipe. Cependant, j'ai continué :

– Moukajou possède un aéroport qui comporte une seule piste de décollage et d'atterrissage. Comme il y passe un seul avion par semaine, les habitants utilisent la piste, le reste du temps, pour s'entraîner à la course à pied…

– Pitié ! a supplié Babouche. C'est vraiment trop ennuyeux.

Sans tenir compte de cette interruption, j'ai repris ma lecture :

– Depuis des générations, la plupart des enfants et même de nombreux adultes occupent leurs longues soirées à réaliser des figures amusantes avec de la ficelle…

En signe de protestation, Gaufrette s'est mise à ronfler aussi fort que Jack, le monsieur qui passe son temps, lorsqu'il ne dort pas, à boire de la bière sur un banc du square d'à côté. J'ai posé ma feuille.

– Je suis d'accord, ai-je dit. Moukajou n'est pas le sujet d'exposé le plus palpitant du monde. Je me suis déjà excusé pour cela et je trouve que tu pourrais te montrer un peu plus coopérative. Par exemple, au lieu de dormir, tu pourrais dessiner quelques-unes des vingt-sept espèces d'oiseaux que l'on peut y voir voler.

Gaufrette a soupiré bruyamment, un peu comme la directrice de notre école, mais a tout de même sorti ses crayons de couleur de son sac. Pendant ce temps, Babouche s'est lancé dans des recherches sur Internet. Puis il a levé les yeux de son écran et dit :

– Je tiens peut-être une piste intéressante.

Je l'ai regardé, plein d'espoir.

– « Moukajou, modeste paradis de la gastronomie », a-t-il lu tout haut. Un blog où les habitants de l'île échangent des recettes de cuisine. Par exemple, poisson à la sauce coco, poisson grillé sur feuilles de bananier, poisson aux fruits du pandanus... Dis donc, on a plutôt intérêt à aimer le poisson, si l'on habite sur ton île de Moujakou !

– Moukajou, ai-je rectifié en soupirant. Et ce n'est pas « mon » île.

Gaufrette et Babouche sont les personnes dont, en temps normal, j'apprécie le plus la compagnie. Mais en ce qui concerne la préparation de cet exposé, le moins que l'on puisse dire est que notre équipe manquait de motivation. Bien sûr, tout aurait été différent si nous avions pu nous rendre sur place. Le problème, c'est que Moukajou est située à la distance la plus éloignée de nous qu'on puisse imaginer sur le globe terrestre. Quinze mille kilomètres à vol d'oiseau. Pour y aller, il aurait fallu commencer par prendre l'avion jusqu'à Sydney, en Australie, ce qui aurait déjà exigé au moins vingt-quatre heures. Puis, d'escale en escale, nous aurions emprunté une ribambelle de petits avions qui ne circulent pas tous les jours et dont on n'est jamais tout à fait certain qu'ils vont décoller à l'horaire prévu. Avec beaucoup, beaucoup de chance et en supposant que nous ayons réuni la somme astronomique nécessaire pour payer notre voyage, nous aurions pu espérer être sur place en cinq jours et cinq nuits, au grand minimum. Mais il aurait suffi que nous rations une correspondance pour que le voyage dure deux, voire trois semaines, rien que pour l'aller.

Or, mademoiselle Mouette avait programmé notre exposé pour le surlendemain. Nous étions donc obligés d'appuyer notre travail sur des livres empruntés à la bibliothèque, ainsi que sur des sites Internet.

– Si seulement, ai-je dit, nous pouvions aller

tous les trois, ne serait-ce qu'une heure, sur l'île de Moukajou !

À ce moment précis (c'est le genre de chose dont on se souvient après coup), la sonnette de la porte d'entrée a retenti. Babouche, à plat ventre sur le tapis du salon, l'ordinateur de Thierry posé sur un coussin, a levé la tête. Gaufrette, trop contente d'arrêter de travailler, a bondi sur ses pieds. Je n'ai pas eu le temps de réagir ; elle était déjà en train de courir vers la porte.

Du salon voici ce que j'ai entendu :

– Bonjour, ma petite, a dit un homme à la voix grave. Tu ne t'appelles pas Ferdinand, je présume ?

Puis il a éclaté d'un rire ultrasonore. Comme s'il jouait le rôle du Père Noël qui se révèle être un tueur en série dans un film américain que j'avais vu récemment.

– Je crains que nous n'ayons la visite surprise d'un humoriste, a commenté Babouche à mi-voix.

Un instant plus tard, l'employé de la poste débarquait dans le salon, suivi par Gaufrette, visiblement outrée d'avoir été appelée « ma petite », mais néanmoins émoustillée par le gros paquet enveloppé de papier marron que l'homme a posé sur la table basse en tonnant :

– J'aurais besoin de la signature de l'individu dénommé Ferdinand.

J'ai signé nonchalamment le récépissé tandis que Gaufrette et Babouche me regardaient avec curiosité. Mes amis étaient ravis d'être distraits de leur travail. Quant à moi… Eh bien moi, j'avais reconnu la petite écriture élégante de la personne qui avait inscrit l'adresse sur le paquet et je faisais tout mon possible pour ne pas montrer à quel point j'étais bouleversé.

Une fois le postier disparu, Babouche s'est étonné :

– Tu ne l'ouvres pas ?

Gaufrette, vive comme l'éclair, revenait déjà de la cuisine avec des ciseaux.

– En fait, ai-je dit, le contenu de ce paquet risque d'être un peu… confidentiel. Je préférerais l'ouvrir sans témoins si cela ne vous dérange pas.

J'ai lu de la déception dans leurs regards. Mais c'est sans la moindre ironie que Babouche m'a proposé :

– Si tu veux, on peut te laisser seul un moment. On recommencera à travailler plus tard.

J'ai hésité. Après tout, ce n'était pas tous les jours que je recevais du courrier. Cependant, si Babouche était disposé à refréner sa curiosité, ce n'était pas du tout l'intention de Gaufrette, qui tentait, depuis quelques instants, d'attirer notre attention sur un détail de première importance : agitant frénétiquement son index, elle pointait la douzaine de timbres collés les uns à côté des autres sur le paquet, qui représentaient des couchers de soleil, des plages diversement paradisiaques, des poissons multicolores, des oiseaux exotiques ainsi que… la photo satellite d'une île en forme de pomme de terre.

Devant cette vision, Babouche s'est mis à hurler :

– CACATOÈS ! MULTIVITAMINE ! TORTELLINI !

Pour un peu, de stupeur, j'aurais imité mon ami et hurlé moi-même les mots les plus incongrus. Même si je n'éprouvais aucun doute sur l'identité de la personne qui m'avait expédié ce paquet, je n'en revenais pas de constater qu'elle l'avait posté de cette île dont, il y a deux jours encore, j'ignorais l'existence. Est-ce que désormais toute mon existence allait s'articuler autour de Moukajou ? J'avais un peu la tête qui tournait et, surtout, je ressentais la désagréable impression d'être manipulé. Cette personne avait-elle trouvé le moyen, avant de m'envoyer son paquet, de me faire parvenir… un rêve ? Je n'aimais pas du tout l'idée que l'on m'impose des pensées contre ma volonté. C'était révoltant.

Du coup, sans plus réfléchir, j'ai déchiqueté le papier marron, sorti des poignées de copeaux frisés que l'on avait mis uniquement pour faire du volume, et fini par extirper du paquet une petite clé argentée, accrochée à une espèce de ficelle grossière. Même en m'acharnant à tourner et à retourner tous les trucs que j'avais sortis du paquet, je n'ai pas trouvé la moindre carte, le moindre petit mot d'explication. C'était frustrant, rageant, inacceptable.

– Je la déteste ! ai-je crié.

Puis je me suis assis par terre au milieu des bouts de ficelle, des lambeaux de papier de kraft et des copeaux frisés. Si j'avais été tout seul, j'aurais sans doute pleuré d'énervement. Mais devant mes copains abasourdis, je me suis retenu. En revanche, ils ont eu droit à quelques jérémiades de ma part.

– Vous ne pouvez pas comprendre. Elle ne me donne pas de nouvelles pendant des mois, et j'imagine qu'elle m'a complètement oublié, ou même qu'elle est morte ! Et puis, quand je me suis habitué à cette idée et que je ne pense plus à elle, elle redébarque dans ma vie avec ses lettres mystérieuses et ses cadeaux stupides qui ne servent à rien. Qu'est-ce que je suis censé ouvrir avec cette clé ? La porte d'une cabane dans les nuages ? La chambre de la princesse dans un château hanté ? Un coffre au trésor sur l'île de Moukajou ?

J'étais dans tous mes états. Heureusement,

mes copains sont des êtres humains extraordinaires. Babouche m'a donné une série de petites tapes dans le dos. En même temps, Gaufrette a pris l'une de mes mains dans les siennes et l'a serrée très fort. Malgré leur curiosité bien naturelle, ils ne m'ont posé aucune question, n'ont pas cherché à savoir qui était cette personne dont je me plaignais. Je me suis senti moins mal.

Un peu plus tard, comme si rien ne s'était passé, nous nous sommes remis au travail. Lorsque l'on se concentre vraiment sur un sujet, même sur un sujet apparemment ennuyeux, il arrive que celui-ci devienne de plus en plus passionnant. À force de recherches, c'est ce qui s'est passé pour notre exposé. Plus nous apprenions de choses sur Moukajou, plus nous avions envie d'en apprendre.

Lorsque Thierry est rentré en fin d'après-midi, il nous a découverts tous les trois absorbés dans notre travail. Nous ne nous étions même pas interrompus pour le goûter. Fidèle à lui-même, il a lancé :

– *Pancakes ?*

Comme cette proposition alléchante ne suffisait pas à nous faire lever la tête de nos papiers, il a repris :

– Dites donc, mes petits potes, j'ai l'impression que vous êtes complètement engloutis dans votre exposé. Tant pis pour moi. Si je n'ai personne pour tester ma nouvelle recette de pâte à crêpes, je vais me faire un sandwich.

Alarmé par cette fausse menace, Babouche a vite réagi :

– En fait, a-t-il expliqué, j'adorerais goûter vos pancakes, mais il serait dommage de s'interrompre maintenant, alors qu'on est en train de si bien avancer sur Moukajou…

– Moukajou, a répété mon grand-père, l'air surpris et, bizarrement, un peu contrarié. C'est un drôle de sujet. Qu'a-t-elle donc de si intéressant, cette île minuscule ?

– La gastronomie, a répondu Babouche sans hésitation.

En même temps, je me suis exclamé :

– Les jeux de ficelle !

Et Gaufrette a brandi son carnet sur lequel était écrit : « LES ZOIZOS ! »

Thierry s'est assis un moment pour que nous lui fassions part de nos récentes et enthousiasmantes découvertes.

Babouche, très sérieux, a commencé. Moukajou, nous a-t-il expliqué, était peuplée d'environ neuf mille habitants, ce qui n'était pas énorme, même pour une île aussi petite. Il n'y faisait jamais froid, et l'on pouvait se baigner tous les jours. Aux temps anciens, les gens y avaient vécu plutôt agréablement. Cependant, à un certain moment, ils en avaient eu assez de se nourrir exclusivement de poisson, de bananes, de noix de coco et des fruits du pandanus (qui, il faut l'avouer, n'ont pas si bon goût que ça). Alors le gouvernement de Moukajou a compris qu'en vendant à d'autres pays le minerai de phosphate dont l'île était remplie les habitants deviendraient très riches. Chacun pourrait se faire livrer par avion des repas tout préparés, d'une infinie variété, et découvrir ainsi la gastronomie du monde entier. Pendant un certain temps, la population a été parfaitement heureuse.

– Alors, s'est étonné Thierry, c'était le paradis terrestre ? Et qu'est-ce qui est arrivé ensuite ?

– En fait, a répondu Babouche, je ne le sais pas encore, mais je creuse le sujet. Je vous raconterai bientôt la suite.

– J'y compte bien, a dit Thierry. La recherche du bonheur, c'est un truc plutôt important.

Pendant que Babouche se documentait sur l'histoire de l'île et de ses habitants, je m'étais penché sur un aspect un peu plus futile de Moukajou, mais qui était en train de devenir tout aussi passionnant à mes yeux : les jeux de ficelle, ces figures géométriques que l'on crée entre ses doigts avec un simple brin de laine. Car il se trouve qu'à Moukajou on pouvait en dénombrer plus que dans n'importe quel autre endroit du monde. D'ailleurs, une célèbre spécialiste des jeux de ficelle ne s'y était pas trompée et les avait recensés dans un livre. Grâce à des modèles que je découvrais sur Internet, j'étais en train d'apprendre à les réaliser moi-même.

Je savais déjà exécuter le poisson volant, l'épée, un truc très joli ayant pour nom approximatif « structure pour tenir le ciel », et je m'entraînais à représenter une paire de « bœufs attelés » un peu plus difficile, car elle nécessitait, pour tenir la ficelle, d'utiliser non seulement les doigts de ses deux mains, mais aussi ses doigts de pieds. J'ai eu l'impression que Thierry se retenait de rire en me voyant faire. Mais cela ne l'a pas empêché de dire :

– Chapeau, mon pote ! Les jeux de ficelle, c'est un art à part entière. Je suis sûr que mademoiselle Mouette va être complètement bluffée. Et toi, la Miss, qu'est-ce que tu nous mijotes ?

Fièrement, Gaufrette nous a montré l'avancée de ses dessins d'oiseaux de Moukajou. Heureusement qu'elle avait apporté sa grande boîte de crayons de couleur, sinon elle n'aurait pas pu rendre la richesse des reflets turquoise sur les plumes vert émeraude du martin-chasseur sacré. Pour la gygis blanche, ç'avait été encore plus difficile, car il s'agissait vraiment de l'oiseau le plus blanc que l'on puisse imaginer. En fait, Gaufrette n'avait tracé sur la page blanche que deux points noirs, les yeux de la gygis. Mais c'était très beau, peut-être le plus beau de tous les oiseaux dessinés jusqu'alors par Gaufrette. Car c'était le dessin qui laissait le plus de place à l'imagination de celui qui le regardait.

Thierry a pris Gaufrette dans ses bras et lui a fait faire un petit numéro de rock acrobatique, les pieds à un mètre du sol. Quand il l'a reposée à terre, elle était toute rouge.

– Miss, c'est toi la meilleure, a dit Thierry.

Gaufrette n'a pas protesté. Je crois bien qu'elle adore mon grand-père.

Nous avons continué à travailler sans nous arrêter jusqu'à ce que la nuit tombe. Alors que l'heure du dîner approchait, nous redoublions d'activité.

– C'est ahurissant, a lancé Babouche tout à coup. Pendant quelques années, on a pu dire que Moukajou était le pays du monde le plus riche par habitant. C'est… oui, c'est ahurissant !

Je me suis demandé si Babouche, sous le coup de l'émotion, n'allait pas avoir une nouvelle crise, mais Thierry, de la cuisine où il s'agitait depuis son retour, est intervenu :

– Je viens d'avoir une idée. Et si j'appelais les parents de Babouche et de Gaufrette pour leur proposer qu'ils restent dormir ici, ce soir ? Ça donnerait plus de temps à l'équipe pour bosser, non ?

En guise de réponse, Gaufrette a applaudi à tout rompre.

– En plus, a fait remarquer judicieusement Babouche, cela nous donnerait l'occasion de déguster ces délicieux pancakes dont nous avons tellement entendu parler.

C'était la première fois que Babouche et Gaufrette dormaient à la maison Bien sûr, on aurait pu les installer dans le salon. Mais c'était beaucoup plus amusant de faire du camping tous les trois dans ma chambre. J'ai prêté mon lit à Babouche, et on m'a installé un matelas gonflable par terre. Quant à Gaufrette, il a suffi des deux coussins du canapé posés sur le sol pour qu'elle se déclare parfaitement satisfaite,

« MIEUK 1 RAINE ». Et comme Thierry lui a confié une lampe de poche, rien ne l'empêchait de participer à notre conversation nocturne en écrivant dans son carnet.

– Ce serait chouette de partir un jour en vacances tous les trois, ai-je dit. On dormirait dans une tente et, la nuit, on allumerait un feu pour éloigner les bêtes sauvages.

– Ouais, a répondu Babouche. Et on passerait la journée sur la plage à manger des grillades !

– Non, ai-je protesté, on explorerait la nature environnante, on découvrirait de nouvelles espèces de plantes et d'animaux. Peut-être même des groupes d'êtres humains qui se cachent de nous depuis des siècles et ont développé une société très, très différente de la nôtre.

– Par exemple, on pourrait aller en Bretagne, a dit Babouche. Ce n'est pas très loin de chez nous.

J'ai fait « ouais » d'un ton peu convaincu. La Bretagne, c'est sûrement chouette, mais on n'y rencontre pas des tonnes de bêtes sauvages et encore moins, à mon avis, de groupes d'humains inconnus de notre civilisation.

– La Tanzanie, alors ?

La Tanzanie, ça sonnait bien. Où ce pays pouvait-il bien se trouver ? Je n'en avais aucune idée. Mais déjà, son nom ressemblait à celui de Tarzan, alors c'était bon signe à mon avis, côté bêtes sauvages. Mais en fait, l'endroit où je rêvais d'aller, c'était…

« MOUKAJOU ? » a griffonné Gaufrette sur son carnet, qu'elle a ensuite éclairé avec sa lampe pour nous le montrer.

Nous avons éclaté de rire. Aller à Moukajou, bien sûr, ce serait fantastique. Ce serait l'occasion pour Gaufrette de voir tous les oiseaux, pour Babouche d'expérimenter avec ses propres papilles la gastronomie moukajouienne, et pour moi, peut-être, d'y rencontrer une certaine personne… Mais Moukajou était si lointaine, si inaccessible ! S'y rendre juste pour quelques instants, c'était parfaitement impossible. J'en riais encore doucement en m'endormant.

# 4

Lorsque, cette fois-ci, je me suis réveillé, je n'ai pas tout de suite saisi la nature du phénomène. Je me sentais tellement bien que j'aurais tout donné pour continuer à dormir encore un peu. Jamais un matelas ne m'avait semblé aussi doux, jamais la température n'avait été si idéale, jamais les bruits environnants n'avaient résonné de manière si harmonieuse à mes oreilles. Pourtant, il m'était impossible de continuer à fermer les yeux ; un rayon de soleil facétieux en avait décidé autrement. Je les ai donc ouverts pour découvrir quelque chose de stupéfiant. D'un bleu intense, la mer s'étendait sous mes yeux. Quant au matelas qui m'avait semblé si doux, c'était tout simplement le sable fin sur lequel j'avais dormi. La couleur du ciel évoquait un jus d'orange agrémenté de litchis roses des plus appétissants. Je n'ai pas pu m'empêcher de pousser un cri d'admiration.

– Ouah ! s'est exclamé quelqu'un dans mon dos.

Je me suis retourné. C'était Babouche, tout aussi éberlué que moi, qui se frottait les yeux en réaction à son incrédulité.

– Ferdinand, m'a-t-il demandé, qu'est-ce que c'est que cette carte postale où nous sommes incrustés ? On est en train de rêver ou quoi ?

– J'en suis absolument certain, ai-je dit.

Babouche a regardé autour de lui et a froncé les sourcils. Les centaines de colonnes de corail s'élevant de la mer, la route derrière nous où quelques voitures roulaient sans se presser, le dessin de la côte… Tout cela évoquait un lieu très précis, unique en son genre sur le globe terrestre. Un mot commençait à se former dans son esprit et, comme par télépathie, le même mot s'imposait à moi.

– J'espère que tu as raison, et que nous sommes en train de rêver, a-t-il repris. Parce que sinon cela voudrait dire que nous avons été transportés pendant notre sommeil sur l'île de…

Babouche a marqué un temps d'hésitation. Le mot qu'il avait sur le bout de la langue était tellement chargé d'implications qu'il hésitait à le prononcer.

– … Moukajou, a complété une petite voix que je ne connaissais pas.

Et là, si je n'avais pas déjà été assis sur cette plage, je serais probablement tombé sur les fesses de stupeur. Parce que la personne qui venait de parler, c'était… Gaufrette. Je me suis dit que, même si j'allais être horriblement déçu par la réalité en me réveillant, cela valait tout de même le coup d'entendre, ne serait-ce qu'en rêve, la voix de ma meilleure amie. Gaufrette, elle, ne semblait pas se rendre compte de l'incongruité de la situation. Elle babillait comme si elle n'avait fait que cela toute sa vie :

– Eh, les gars ! Vous avez vu ça ? Une gygis blanche ! Et là, un martin-chasseur sacré ! Et là encore, sur ce rocher, je suis à peu près certaine que c'est un tourne-pierre à collier ! C'est génial ! Avec un peu de chance, il va se mettre à chanter devant nous ! Je me demande s'il va faire *trru drru trru drru* ou alors *hhi-kikikik* : qu'est-ce que vous en pensez ? De toute manière, il faut absolument que je le dessine avant qu'il ne s'envole ! Vous n'avez pas vu mes crayons de couleur ? Oh ! c'est trop bête, je ne les ai pas apportés avec moi ! Est-ce que vous croyez que, si je me rendormais cinq minutes, je me retrouverais chez Ferdinand, que je pourrais courir dans le salon chercher mon papier à dessin et mes crayons de couleur, les rapporter dans la chambre, me rendormir et me réveiller de nouveau avec vous sur l'île de Moukajou ? Et si c'était possible, cela prendrait-il longtemps ? Le problème, en fait, c'est que je suis trop bien réveillée, à présent. Ce qui nous arrive est tellement extraordinaire ! Même si je m'allongeais une heure sur cette plage incroyable, je n'arriverais jamais à me rendormir. Oh ! peut-être que ce n'est pas si important, après tout, de dessiner le tourne-pierre à collier ! Ce n'est pas une espèce en voie de disparition. On ferait mieux d'aller explorer l'île pendant qu'on est ici. Au fait, vous le saviez, vous, que plusieurs personnes pouvaient partager le même rêve au même moment ? Moi, je ne l'aurais jamais cru ! Hé, Ferdinand, tu as vu ? Tu es en pyjama ! Et toi, Babouche, tu portes le T-shirt des Gibbons Braillards que Thierry t'a prêté pour dormir ! Et moi, je…

– Tais-toi, Gaufrette ! avons-nous hurlé en même temps, Babouche et moi.

S'il subsistait dans mon esprit un doute quant au fait que j'étais ou non en train de rêver, entendre mon propre cri me l'a définitivement retiré. Jamais, dans la réalité, je n'aurais ordonné à Gaufrette d'arrêter de parler. J'aurais été bien trop content d'entendre enfin sa voix.

Cependant, Gaufrette n'était pas vexée. De nous trois, elle était celle qui semblait le plus à l'aise avec les événements. Elle a ouvert la bouche et j'ai eu peur qu'elle ne reparte pour un discours interminable, mais elle a simplement proposé :

– On se bouge ?

Cette idée était sans conteste la meilleure. Gaufrette a commencé à marcher vers la droite, et nous l'avons suivie. Bientôt, nous sommes arrivés à la hauteur de quelques garçons et filles qui, autour d'un feu de bois sur la plage, étaient en train de préparer des grillades de poisson. En temps normal, j'aurais été un peu embarrassé de me présenter à des inconnus vêtu d'un pyjama. Cependant, mon accoutrement n'a pas du tout eu l'air de les surprendre. J'ai très vite arrêté d'y penser.

Les habitants de Moukajou, en tout cas ceux qui étaient dans notre rêve, étaient drôlement accueillants. Ils nous ont invités à partager leur déjeuner avec de grands sourires, auxquels nous avons répondu par de non moins grands sourires. Bien que nous ne parlions pas la même langue, il n'était pas du tout impossible d'échanger des idées. Gaufrette a tracé sur le sol les oiseaux qu'elle savait dessiner, et les enfants lui ont dit comment ils les nommaient. Je me souviens, par exemple, que le tourne-pierre à collier s'appelait le *dugudubwa*. Nous nous sommes tous les trois entraînés à prononcer ce mot, ce qui a beaucoup amusé nos nouveaux amis.

Puis, par gestes, Babouche leur a demandé comment ils avaient pêché les délicieux poissons que nous dégustions. Les enfants lui ont montré les filets et la manière dont ils les utilisaient. C'est ça, sans doute, qui m'a fait repenser aux jeux de ficelle. J'ai bougé mes doigts comme si j'étais en train de réaliser une figure. Au début, les enfants m'ont regardé avec perplexité. Puis une petite fille a compris ce que je voulais dire. Elle a sorti de sa poche un bout de ficelle et a exécuté une figure assez simple que je connaissais : le berceau. J'ai applaudi avec enthousiasme. Elle s'est alors lancée dans quelque chose de plus compliqué.

Pendant que j'admirais sa dextérité, je sentais sur moi le regard insistant de Gaufrette. Au début, je l'ai pris pour une manifestation de sa jalousie, car il lui arrive de penser, à tort, que je pourrais tout à coup choisir une meilleure amie qu'elle et la laisser tomber. Mais ce n'était pas ça. Non, c'était plus sérieux.

– Ferdinand, m'a demandé Gaufrette tout à trac, est-ce que tu sais ce que tu portes autour du cou ?

Instinctivement, j'ai porté la main à ma poitrine. Au bout d'une ficelle, le même genre de ficelle que celle utilisée par la petite Moukajouienne, pendait une clé que j'ai immédiatement reconnue. C'était la clé apportée hier par l'employé des postes, celle que j'avais trouvée dans le paquet, sans un mot d'explication.

Babouche, Gaufrette et moi nous sommes regardés. Depuis que nous nous connaissons, il nous est arrivé de traverser des moments graves. Nous savons les reconnaître. C'en était un.

Nous nous sommes éloignés du groupe pour faire le point. Babouche a posé la première question :

– Comment est-ce que tu peux avoir ce truc autour du cou ? Je suis certain que tu ne l'avais pas lorsque nous nous sommes couchés.

– Non, ai-je confirmé. J'avais rangé la clé dans une boîte où je mets les trucs importants. On dirait qu'elle est venue s'accrocher à mon cou toute seule.

– Pour moi, a dit Gaufrette, c'est très clair. Normalement, dans les rêves, on n'emporte pas les objets. Moi, par exemple, je n'ai pas mes crayons de couleur alors que, comme vous le savez, j'en aurais bien besoin en ce moment pour dessiner non seulement les oiseaux, mais aussi les magnifiques paysages de l'île. Bon, le fait que Ferdinand ait apporté cette clé signifie-t-il que nous ne sommes pas dans un rêve ? Pas forcément, parce que les rêves, ce n'est pas seulement de la fantaisie. Il y a souvent un sens caché, dedans. Ce que signifie cette clé, nous allons tâcher de le deviner. Pour qu'on puisse continuer à réfléchir, il serait bon, Ferdinand, que tu nous dises qui, à ton avis, te l'a envoyée. Ou bien est-ce que tu préfères le garder pour toi ? Tu as le droit d'avoir des secrets, mais je trouve que c'est un peu de ta faute si nous sommes ici. Alors tu pourrais quand même…

Bien sûr, c'était chouette que Gaufrette ait acquis l'usage de la parole. Mais elle allait un peu loin, non ? C'est ce que lui a fait remarquer Babouche :

– Du calme, poulette. Même si on est en plein rêve, ce n'est pas une raison pour harceler Ferdinand.

De mon côté, je réfléchissais à toute allure. Gaufrette n'avait pas tort de dire que je les avais entraînés dans cette histoire sans leur demander leur avis. Après tout, je leur devais quelques explications.

Je me suis lancé :

– En fait, tout a commencé par un rêve que j'ai fait l'autre nuit. Un vrai rêve. J'étais dans une pièce et j'avais perdu la mémoire, je ne connaissais même plus mon propre prénom. Une dame est entrée et elle avait l'air d'en savoir plus long que moi sur ma présence en ce lieu étrange, mais elle ne voulait rien m'expliquer, comme si c'était à moi de me souvenir. À mon réveil, le mot « Moukajou » m'est apparu.

– Tu crois que c'est la dame de ton rêve qui

t'a envoyé la clé par la poste ? a demandé Gaufrette.

– Du calme, poulette, a grondé Babouche. Laisse parler Ferdinand.

– OK, mais arrête de m'appeler poulette, a protesté Gaufrette.

– Oui, ai-je affirmé. Oui, je suis sûr que c'est cette dame qui m'a envoyé la clé.

Gaufrette et Babouche attendaient la suite. Il m'a fallu un peu de temps pour décider ce que j'allais leur révéler. D'un côté, j'avais peur qu'ils ne comprennent pas, et même qu'ils me rejettent. De l'autre, ils étaient mes meilleurs amis. J'ai décidé que je leur devais la vérité, ou au moins une partie.

J'ai repris :

– Il faut que vous sachiez que parfois je fais certains trucs… Enfin, il m'est arrivé de… Bon, voilà. En fait, il ne faudrait pas que tout le monde l'apprenne, mais je possède un ou deux superpouvoirs.

J'ai regardé Babouche et Gaufrette pour voir comment ils prenaient la chose. Après tout, ils auraient pu me traiter de menteur. Mais dans leurs regards, je voyais qu'ils me faisaient confiance. Alors je leur ai expliqué comment, par le passé, il m'était arrivé de traverser les murs grâce au collier de Charles*, le chien de Jack, puis de voyager dans le temps (cinq minutes dans le passé, pour être précis) à l'aide d'un skateboard. Et aussi comment, un jour, le fait de caresser un chat m'avait rendu invisible (ou du moins avait rendu invisible** la partie supérieure de mon corps). Il y avait eu, également, la fois où j'avais été capable de faire tomber la neige en plein été sur le trottoir grâce à une petite boule en verre.

J'ai de nouveau regardé mes amis et ne leur ai pas trouvé l'air si impressionné que ça. J'ai demandé :

– Ça va ? Ce n'est pas trop bizarre ?

– Non, c'est OK, a répondu Gaufrette. Tu es un genre de superhéros, c'est tout. Ce sont des choses qui arrivent.

* Voir *Ferdinand et ses micropouvoirs.*

** Voir *Les nouveaux micropouvoirs de Ferdinand.*

– Dès notre première rencontre, a dit Babouche, j'ai deviné que tu étais un type spécial.

– Pas plus que vous deux, ai-je protesté. Vous aussi, vous êtes spéciaux. Vous faites un tas de trucs extraordinaires. Par exemple…

– Écoutez, les gars, si vous voulez bien, on échangera des compliments un autre jour, a proposé Gaufrette. Pour le moment, il y a plus urgent. J'ai remarqué un détail très important. Chaque fois que Ferdinand acquiert un nouveau superpouvoir, c'est par l'intermédiaire d'un objet. Skateboard, collier, boule à neige, et j'en passe. Or, qu'avons-nous sous les yeux en ce moment même ? Une clé. Ce que je crois, moi, c'est que cette clé nous a transportés sur l'île de Moukajou.

– Bien observé, poul… euh, Gaufrette, a dit Babouche. Mais cette théorie pose un problème. Si elle se vérifiait, cela voudrait dire que nous ne sommes pas en train de rêver…

– … mais que nous sommes VRAIMENT sur Moukajou, a complété Gaufrette.

C'était ce que je soupçonnais sans oser me l'avouer. Mon explication était la suivante : mon premier rêve, celui où j'avais rencontré la dame (au fait, j'avais fini par me rappeler qui était cette dame, mais je préférais garder cette révélation pour plus tard), avait vraiment été un rêve. Mais ensuite le mot « Moukajou » avait suffi pour transformer la réalité et pour me donner une telle envie d'aller sur cette île que l'objet – la clé qui allait me permettre d'effectuer le voyage – était apparu de manière providentielle. Et maintenant, que nous le voulions ou non, nous étions bel et bien à Moukajou.

Restait à savoir si le pouvoir de la clé se limitait à nous faire voyager en un clin d'œil jusqu'à Moukajou, ou bien s'il y avait encore autre chose.

– Une clé, a dit Gaufrette, est généralement destinée à entrer dans une serrure. Celle-ci m'a tout l'air d'une clé de porte. Et si nous nous mettions à chercher la maison à laquelle elle correspond ?

À côté de nous, les enfants finissaient de ramasser les reliefs du pique-nique. Je suis allé vers eux et j'ai fait signe à la petite fille que je désirais lui emprunter sa ficelle. Je n'étais pas aussi adroit qu'elle, mais j'ai tout de même réussi à former avec mes doigts une figure qui évoquait la forme d'une maison. En même temps, je lui ai indiqué du menton la clé qui pendait toujours à mon cou. Le visage de la fille s'est éclairé d'un grand sourire. Elle m'a montré du doigt une direction opposée à la plage, vers le centre de l'île. Suivie des autres enfants, elle s'est mise à marcher. Nous leur avons emboîté le pas. Comme ils étaient chaussés de baskets et que nous étions pieds nus, nous avions un peu de mal à les suivre.

Babouche, un peu inquiet, m'a demandé :

– Où est-ce qu'on va ? Aïe, ces cailloux sont drôlement pointus !

– Je ne sais pas, ai-je répondu, mais…

– … mais on y va, a complété Gaufrette.

Je me suis surpris à regretter l'époque où Gaufrette n'était pas en mesure de me couper la parole, mais je n'ai rien dit. Il serait toujours temps, plus tard, de lui enseigner la politesse.

Nous sommes arrivés en vue d'un village constitué de quelques coquettes villas. On pouvait voir que les gens d'ici ne manquaient de rien, et en tout cas pas de confort. La petite fille m'a pris par la main (je n'ai pas osé me retourner pour observer la réaction de Gaufrette) et m'a guidé vers la plus modeste des maisons. Petite, blanche, carrée, elle ne comportait pas de jardin, donc pas de grille. Sa porte d'entrée directement accessible était équipée d'une serrure toute simple.

Très ému, je me suis approché de la porte en ôtant la ficelle de mon cou. La clé n'était plus qu'à quelques centimètres de la serrure.

# 5

– *Beans and bacon** ?

Je me suis dressé sur mon lit et j'ai hurlé :

– QUOI ?

À la porte de ma chambre, Thierry est resté interloqué par la force de ma réaction. Après tout, il ne venait que de me proposer l'un de ses petits déjeuners hyper nourrissants à base de haricots à la sauce tomate et de viande de porc rissolée dans sa propre graisse. Le sourire aux lèvres, il m'a demandé :

– Tu as mal dormi, mon pote ? Désolé s'il est un peu tôt, mais j'ai pensé que ton équipe et toi

* Les haricots (*beans*) et le lard salé (*bacon*) se consomment au petit déjeuner dans les pays anglo-saxons.

aimeriez prendre des forces avant d'aller au turbin.

Quelle équipe ? Quel turbin ? J'avais l'impression de refaire surface après une immersion très longue dans un sommeil extrêmement profond. Un peu comme quand on souffre du décalage horaire après un long voyage en avion. Une voix encore ensommeillée a grommelé :

– Moi, des *beans*, ça me plairait bien.

En entendant Babouche, les événements que nous venions de vivre ensemble me sont remontés à la conscience.

« C QUOI D BINZ ? » Quelle blagueuse, cette Gaufrette ! Au lieu de s'exprimer comme tout un chacun en utilisant ses cordes vocales, voilà qu'elle se remettait à griffonner sur son bloc. J'ai éclaté de rire.

Toujours de la porte de la chambre, Thierry a lancé :

– Bon, eh bien, puisque c'est comme ça, je vous attends dans la cuisine avec mes *beans*, mon bacon et, pour les plus délicats d'entre vous, des tartines de confiture.

Dès qu'il a disparu, j'ai laissé place à mon enthousiasme :

– Gaufrette ! Babouche ! Vous vous rendez compte de ce que nous venons de vivre ! Je n'aurais jamais cru qu'une telle expérience était possible ! Je suis tellement heureux de l'avoir partagée avec vous, mes meilleurs amis ! Est-ce que ce n'est pas le truc le plus dingue qui vous soit jamais arrivé ?

J'en bavais presque d'excitation. Cependant, Babouche, qui s'étirait en poussant des grognements, n'avait pas l'air plus impressionné que ça.

– Oui, d'accord, c'était pas mal. J'avoue que les pancakes d'hier soir étaient délicieux. Mais j'attends de goûter les haricots pour décider lequel de ces deux repas est le meilleur de l'année.

– Non, ai-je protesté, je ne vous parle pas de ce qu'on a mangé hier soir ! Je vous parle de ce qui nous est arrivé cette nuit ! Ce truc extraordinaire que nous avons vécu ensemble !

– Pour être honnête, a dit Babouche, c'était sympa de dormir ici, mais je me demande lequel de vous deux ronfle le plus fort. En vérité, je crois que c'est Gaufrette.

Piquée au vif par cette plaisanterie d'un goût douteux, Gaufrette a bondi de ses coussins pour se jeter sur Babouche et lui arracher les cheveux. Il en est résulté un concert de protestations de mon ami. Pendant ce temps, j'essayais de me faire entendre :

– Mais, ai-je commencé, vous n'allez pas me faire croire que vous avez oublié…

J'ai bien été obligé de me rendre à l'évidence. Mes amis ne se souvenaient de rien.

À l'école, la matinée a passé dans un grand brouillard. Comme elle a compris que j'étais incapable de me concentrer sur quoi que ce soit, mademoiselle Mouette m'a demandé de trier et de ranger le matériel que nous utilisons pour le cours d'expression visuelle. Cela peut sembler une tâche ingrate, mais c'était exactement ce qu'il me fallait ce matin-là. Une activité manuelle répétitive, avec très peu d'initiatives personnelles.

Tandis que je lavais des dizaines de pinceaux pleins de gouache dont les couleurs se mélangeaient pour former une bouillie marronnasse qui allait finir au fond de l'évier, une tempête explosait sous mon crâne.

Tout ce qui m'était arrivé dès le premier rêve, depuis mon amnésie jusqu'à mon retour dans ma chambre, en passant par ma tentative d'ouvrir la porte de la maison blanche, tentait de se faire une place dans mon cerveau. Rêve ou pas rêve ? Je m'épuisais à comprendre le sens de ces allers et retours. Que devais-je penser des derniers événements dont j'étais le seul à me souvenir ? Et de ces indices qui m'étaient envoyés dans la vraie vie ? Peut-être que je m'imaginais tout cela et que j'étais en train de devenir complètement fou. J'ai fini par décider que je ne pouvais pas garder mes interrogations pour moi seul. J'allais en parler à la personne qui a toujours, du plus loin que je me souvienne, été là pour moi. Thierry, mon grand-père. Oui, dès que je sortirais de l'école ce jour-là, je lui raconterais tout. Et même s'il s'avérait que j'étais fou, je savais que

Thierry ne me jugerait pas et continuerait d'avoir confiance en moi.

Vers la fin de la journée, j'ai remarqué que Gaufrette avait dessiné sur son carnet un tournepierre à collier avec un luxe incroyable de détails et de couleurs. Son oiseau était tellement ressemblant que je ne pouvais pas m'empêcher de penser qu'il restait dans le cerveau de Gaufrette, même de manière inconsciente, des traces de la nuit précédente. Et lorsque nous nous sommes séparés devant la grille de l'école, la même réflexion m'est venue au sujet de Babouche, tandis qu'il disait d'un air songeur :

– Je me dépêche de rentrer chez moi, j'ai trop faim. Je ne sais pas pourquoi, mais j'ai une envie irrésistible de poisson grillé.

À la maison, Thierry était déjà dans la cuisine, occupé à préparer l'une de ses fameuses spécialités américaines. J'avais hâte de lui demander conseil. Hélas, Stéphanie, l'amie de mon grand-père, était là aussi. Elle est vraiment chouette, mais trop d'éléments intimes étaient mêlés à mon histoire pour que j'en parle devant elle. Il me fallait attendre son départ. Le problème, c'est qu'elle allait sûrement dîner avec nous et dormir à la maison. Je me suis assis dans un coin de la cuisine et, tout à mes pensées, j'ai regardé le sol sans rien dire. Cela a fini par inquiéter Thierry :

– Tout va bien, mon pote ?

– Ça va, ai-je répondu. C'est juste que je me demandais... Est-ce que tu crois qu'on peut voyager dans les rêves ?

– Bien sûr, a dit Thierry.

– Je veux dire, aller en rêve dans des endroits qui existent vraiment et voir ce qui s'y passe ?

– Pourquoi pas ? Le corps se repose pendant que l'esprit voyage... Oui, ça me semble très possible.

– Et est-ce que tu crois qu'on peut y rencontrer des gens qu'on connaît ?

– Absolument. D'ailleurs, ça m'arrive tout le temps. Les nuits qui ont suivi mon retour d'Arizona, je discutais en rêve avec le cuisinier de « Fred's », mon restau préféré à Tucson.

– Et aussi, ai-je poursuivi, voir des gens qu'on

n'a pas vus depuis très, très longtemps et qui… et qui nous manquent beaucoup ?

Thierry m'a regardé d'une drôle de manière, puis il a regardé Stéphanie. Subitement, il a changé de conversation :

– Si seulement j'avais du beurre de cacahuète, je vous préparerais un dessert incroyable. Un délice comme vous n'en avez jamais goûté de votre vie. Dommage que…

Stéphanie l'a interrompu :

– Et si j'allais en acheter ? Cela ne me prendrait pas trop longtemps. Un petit quart d'heure, tout au plus.

Thierry s'est gentiment moqué d'elle :

– Je savais bien que tu étais une vraie gourmette ! Vas-y, s'il te plaît, et je te promets que tu ne le regretteras pas.

Ça tombait vraiment bien que Stéphanie sorte faire un petit tour. Du coup, la conversation entre Thierry et moi a pris une tournure plus personnelle :

– Est-ce que c'est bien la personne à laquelle je pense que tu as vue en rêve ?

J'ai acquiescé, soulagé que Thierry me comprenne si bien.

Il m'a demandé :

– Et cela t'a fait plaisir ?

J'ai réfléchi. Il n'était pas facile de répondre à cette question.

– Plutôt, oui. Mais j'ai eu aussi un peu de peine. Je n'avais pas envie de la quitter. Et elle non plus. Je crois qu'elle voulait que je reste avec elle.

Thierry a froncé les sourcils.

– Rester avec elle ? Mais où donc ?

– Sur l'île de Moukajou. Elle vit là-bas, maintenant.

– Tiens, tiens, s'est étonné Thierry. C'est drôle. Je savais qu'elle avait l'intention de visiter les îles de Micronésie, et que celle-ci l'intéressait particulièrement. Mais c'était il y a très longtemps. Elle hésitait entre plusieurs destinations. Tu me dis que tu as rêvé d'elle et qu'elle était sur cette île ? Il y a de quoi être troublé, mais il doit y avoir un phénomène explicable là-dessous.

– Est-ce que tu crois que je pourrais aller

habiter chez elle ? Pas pour toujours, mais juste pour un petit moment ?

Thierry m'a regardé longuement avant de parler. Lorsqu'il a fini par le faire, sa voix était plus basse que d'habitude, et le coin de ses lèvres tremblait légèrement.

– Je ne suis pas la personne qui peut répondre à cette question. Tu vois, mon pote, tout ce que je sais, c'est que si tu partais tu me manquerais énormément. Et que, pendant tout le temps que tu ne serais pas ici, je garderais ta place au chaud. Mais si quelqu'un doit prendre une telle décision, ce ne peut être que…

Il a baissé la tête sans terminer sa phrase. Mais j'ai compris instantanément ce qu'il voulait dire. Et je me suis senti beaucoup mieux d'en avoir parlé avec lui.

Stéphanie est revenue un peu plus tard. Nous avons dîné comme si de rien n'était. Je me sentais bien avec eux. Thierry n'était pas mon père, ni Stéphanie ma mère ; pourtant, lorsque je nous voyais tous les trois en train de manger et de bavarder à la lumière du néon de la cuisine, c'est le mot « famille » qui me venait à l'esprit.

Ce n'est qu'une fois au lit que je me suis rendu compte qu'il n'y avait pas eu, en fait, de superdessert au beurre de cacahuète.

# 6

– D'Albert Einstein, a dit Jean-Vasistas, certains d'entre vous ne connaissent sans doute que cette photo d'un vieux monsieur bizarre qui tire la langue…

J'aurais été un peu honteux de l'avouer en public, mais c'était effectivement mon cas.

– … en fait, a continué Jean-Vasistas, s'il n'avait fait que tirer la langue pour une photo, cela n'aurait pas suffi à le rendre célèbre. Einstein était un brillant physicien. L'une de ses théories les plus brillantes est celle de la relativité. En réfléchissant à la vitesse de la lumière, il a montré que la mesure du temps et de l'espace variait selon l'observateur.

Puis Jean-Vasistas s'est mis à écrire des

chiffres au tableau à toute vitesse, en continuant à expliquer plein de choses. Entre les chiffres, il traçait aussi des signes que je ne connaissais pas. Je pense que je n'étais pas le seul dans la classe à ne rien comprendre, mais c'était chouette, comme aurait dit Thierry, de le voir s'éclater au milieu de toutes ses formules. Car il a beau être, et de loin, le meilleur en mathématiques, Jean-Vasistas n'est pas à la fête tous les jours lorsqu'il s'agit de lire et d'écrire. Il calcule comme un professeur d'une grande école, mais face à un texte, il se retrouve comme un élève de maternelle. C'est cela, aussi, ai-je pensé, la relativité.

– Si vous trouvez cela compliqué, a continué Jean-Vasistas, souvenez-vous que la théorie de la relativité est née d'une idée qu'Albert Einstein avait eue lorsqu'il était enfant. Il s'était imaginé voyageant le long d'un rayon lumineux, et à la même vitesse que la lumière elle-même. C'est-à-dire à trois cent mille kilomètres par seconde. S'il avait alors regardé les aiguilles de la grosse horloge de sa ville, elles n'auraient pas bougé, car le temps, pour lui, se serait arrêté.

– C’est un peu de la science-fiction, a fait remarquer Ibis, timidement, de dessous sa table.

– Tout à fait, a confirmé Jean-Vasistas. Beaucoup d’idées utilisées dans les œuvres de science-fiction sont inspirées par les travaux d’Albert Einstein. Notamment les voyages dans le temps, mais aussi l’idée de la téléportation.

La téléportation… Je me suis mis à réfléchir. Et si c’était grâce à ce principe que j’avais pu me rendre avec mes amis sur l’île de Moukajou ? Toute la classe a applaudi Jean-Vasistas, qui a modestement salué l’assistance avant de laisser la place au suivant.

Chacal a essuyé ses yeux pleins de larmes, s’est mouché et a courageusement commencé.

– Vous est-il arrivé de souhaiter vous trouver en même temps à deux endroits différents ? Ou bien de savoir ce que cela aurait donné si, par exemple, vos parents avaient déménagé, et que vous les aviez suivis dans une autre ville ? Est-ce que vous vous êtes déjà imaginé qu’au lieu de venir à l’école, ce matin, vous pourriez être en train de vous promener dans la campagne ?

Plusieurs élèves ont crié :

– Oui, oui, oui !

La maîtresse a souri. Elle était contente de voir que Chacal suscitait, pour une fois, l'enthousiasme dans la classe. Encouragé par son succès, celui-ci a repris :

– Un univers parallèle, c'est un monde qui a divergé du nôtre à partir d'un événement qui s'est déroulé d'une autre manière. Par exemple...

Et là, Chacal a eu un trou de mémoire qui l'a empêché de continuer sa phrase. La crise de larmes n'était pas loin. Bon copain, Babouche l'a aidé :

– Par exemple, si ma mère ne m'avait pas dit d'arrêter de jouer à *Super Mario* ce matin, je serais arrivé en retard à l'école et je serais en ce moment même en train de passer un mauvais quart d'heure dans le bureau de la dirlo.

– De madame la directrice, a corrigé mademoiselle Mouette en souriant.

– Oui, a continué Chacal, voilà. À partir de cet événement, on peut imaginer deux univers parallèles. Le nôtre, d'abord, puis celui où tu es convoqué par la directrice…

– … qui me prive de récréation et où, du coup, à cause de mon absence, la classe de CM2 remporte le tournoi de foot. À partir de là, n'importe quoi peut arriver. On bascule dans le cauchemar.

Babouche avait l'air sincèrement catastrophé à l'idée des conséquences qu'aurait pu avoir son éventuel retard.

– Ou… oui, a repris Chacal. Dans le principe, c'est ça. Mais en fait, quand on pense aux univers parallèles, on imagine des événements divergents un peu plus importants. Par exemple, un univers où Adolf Hitler ne serait pas arrivé au pouvoir en Allemagne dans les années 1930, et où la Seconde Guerre mondiale n'aurait pas eu lieu.

Sur sa chaise, Aria s'énervait un peu. Elle a interrompu Chacal sur un ton agressif :

– Mais ça existe vraiment, tes univers parallèles, ou bien tu t'amuses juste à raconter n'importe quoi ?

– Ce n'est pas n'importe quoi, a protesté Chacal en reniflant. Les univers parallèles existent vraiment. La preuve, c'est qu'on en rencontre dans *Harry Potter*, dans certains épisodes de *Doctor Who*, et même dans *Alice au pays des merveilles*…

Sa voix devenait de plus en plus tremblotante, et il serrait de toutes ses forces un mouchoir déjà humide dans son poing fermé.

– Merci, c'était très intéressant, a dit mademoiselle Mouette pour mettre fin au supplice de Chacal.

Très intéressant, ai-je aussi pensé. Si la théorie des univers parallèles était fondée, c'était une piste à creuser pour expliquer notre voyage sur Moukajou. Je n'ai pas eu le temps de poursuivre mes réflexions, car mon équipe devait présenter son exposé.

Bon, dans l'ensemble, ça s'est bien passé.

Pendant que Gaufrette montrait ses dessins d'oiseaux de Moukajou (elle n'en avait pas réalisé vingt-sept, mais ses huit dessins étaient vraiment bien), Strapontin n'a pas pu s'empêcher de siffler, de hululer et de craqueter. Mais après tout, c'était une bande-son de circonstance, et cela n'a rien retiré aux belles couleurs du tourne-pierre à collier. En revanche, le portrait de la gygis* blanche – celui où Gaufrette s'était contentée de tracer deux points noirs sur la feuille blanche – a un peu déconcerté les élèves. Pourtant, c'était le dessin dont elle était le plus fière.

Ensuite, j'ai distribué à tout le monde, mademoiselle Mouette comprise, des brins de laine pour réaliser les figures des célèbres jeux de ficelle de Moukajou. En quelques minutes, grâce à mes directives, chacun a pu exécuter un poisson volant assez réussi. En revanche, j'ai senti quelques doutes dans l'assistance quant à l'intérêt de la « structure pour tenir le ciel ». Et lorsque j'ai proposé à tout le monde de retirer ses chaussures pour représenter les « bœufs attelés » à l'aide de ses doigts de pieds, l'exposé a failli tourner au chahut. Alors j'ai laissé la place à Babouche.

* Voir le dessin en page 135.

Avant d'entrer en classe, il m'avait montré une pile impressionnante de feuilles de classeur remplies de son écriture serrée.

– J'ai travaillé toute la nuit, m'avait-il confié. Moukajou est un sujet en or.

Et, sans même regarder ses notes, il a commencé son discours.

– Dans tous les pays du monde, a dit Babouche, on s'intéresse à ce que l'on mange. La gastronomie est même souvent considérée comme un art. Les côtes de l'île de Moukajou, baignées par l'océan Pacifique, sont si poissonneuses qu'il suffit, une heure avant le dîner, d'aller y poser quelques filets pour en revenir avec son repas dans un seau. Moukajou devrait donc être une sorte de paradis terrestre. Et pourtant, non.

Babouche s'est levé et a pris un air sévère avant de poursuivre.

– Chers condisciples, écoutez-moi bien. En plus de sa plage et de ses poissons, Moukajou possède une ressource naturelle, le minerai de phosphate, qui a fait d'elle, pendant un temps, le pays le plus riche du monde. Car ses neuf mille habitants avaient réussi à faire de l'île un État indépendant et à vendre son phosphate au reste de la planète. Qu'a-t-il bien pu arriver pour que Moukajou connaisse des difficultés ?

Toute la classe était suspendue aux lèvres de Babouche.

– Eh bien, voilà : du temps de leur richesse, les habitants avaient pris l'habitude de se faire livrer des repas qui leur coûtaient très cher, car ils étaient constitués de produits expédiés par avion. Mais lorsque les réserves de phosphate ont commencé à s'épuiser, ils n'en ont plus eu les moyens. Ils sont devenus très malheureux lorsqu'ils ont réalisé qu'ils devraient revenir à leur ancien régime de poisson, de noix de coco, de bananes et de fruits du pandanus.

– Les fruits du pandanus, me suis-je permis de préciser, n'ont pas très bon goût.

– Ferdinand a raison, a repris Babouche. Mais les Moukajouiens ne se sont pas résignés, et ont fait appel à leur créativité pour inventer de nouvelles recettes. En s'inspirant de la mousse au chocolat, ils ont créé la mousse de coco, délicieuse quand on la sert bien fraîche dans sa propre coque. Moukajou est également devenue célèbre pour ses pancakes à la banane, arrosés de sirop de fruit du pandanus, qui perd de son amertume si l'on y ajoute du sucre. Ainsi Moukajou s'est-elle transformée en une escale gastronomique incontournable de l'archipel de Micronésie.

Babouche s'est incliné, et toute la classe a applaudi. Je me suis dit que quand il serait grand il deviendrait sans doute ministre de quelque chose. De l'alimentation, par exemple. Le problème, ai-je continué dans ma tête, c'est que les gens risquaient d'être un peu effrayés si les discours qu'il leur adressait étaient entrecoupés de ses cris bizarroïdes.

J'ai repensé alors à une chose importante. Bien que soumis à des émotions intenses lors de notre court séjour à Moukajou, Babouche n'avait pas crié une seule fois. En fait, sur l'île, chacun de mes deux amis avait été « guéri » d'une particularité qui le gênait dans la vie.

Babouche avait été libéré de ses hurlements intempestifs, tandis que Gaufrette avait cessé d'être muette. Cependant, de retour dans notre monde, ils étaient redevenus comme avant. Cela donnait à réfléchir. Est-ce que leur « guérison » pourrait être définitive s'ils retournaient à Moukajou et y passaient plus de temps ?

C'est à cette étape de ma réflexion qu'est né dans mon cerveau ce projet un peu fou : emmener à Moukajou d'autres personnes pour tenter d'y résoudre leurs problèmes. Je pensais, par exemple, à Ibis et à son extrême timidité. Ou encore à Strapontin et à sa bougeotte. Quant à moi, est-ce que je pourrais venir à bout de ce problème de concentration par la faute duquel je me trouve embarqué dans des pensées qui n'ont rien à voir avec ce que je suis censé faire à certains moments ?

– Ferdinand, qu'est-ce que tu en penses ? a demandé mademoiselle Mouette.

Je me suis rendu compte qu'un long moment venait de s'écouler pendant lequel je n'avais rien écouté de ce qui se passait en classe.

– Je suis désolé, ai-je répondu, je crois que j'ai raté quelque chose.

Au lieu de se fâcher, comme le faisaient en pareil cas les maîtres et les maîtresses que j'avais connus dans mes écoles précédentes, mademoiselle Mouette a demandé à Jean-Vasistas de résumer ce qui avait été dit pendant que j'avais la tête ailleurs. Très aimablement, celui-ci s'est exécuté.

– Comme nous arrivons à la fin du trimestre, a-t-il expliqué, nous étions en train de projeter quelque chose d'un peu spécial. Une excursion en minibus jusqu'à la mer.

« ON DORMIRA LABA ! » a écrit Gaufrette en lettres énormes sur un papier qu'elle a brandi au-dessus de sa tête.

– C'est génial ! a commenté Babouche sobrement.

Hélas, la seconde d'après, il n'a pas pu se retenir de hurler :

– ESCALOPE DE VEAU ! ÉCUMOIRE ! CALIFOURCHON !

Tout le monde était de si bonne humeur que personne n'en a profité pour grimper sur une armoire, se coincer derrière un radiateur ou se livrer à l'une de ses excentricités favorites. Quant à moi, je me suis dit que ce serait l'occasion de mettre en œuvre mon nouveau projet concernant l'île de Moukajou. Je devais élaborer un plan d'action audacieux.

*
* *

Aucun de nous, pas même mademoiselle Mouette, n'avait prévu ce qui arriverait quelques jours plus tard. Alors que nous nous apprêtions à grimper dans le minibus pour parcourir la centaine de kilomètres qui nous séparaient de la mer, la directrice a fait son apparition sur le trottoir de l'école.

– Eh bien, a-t-elle demandé à notre petit groupe, est-ce que par hasard vous n'oublieriez pas quelque chose ? Ou peut-être… quelqu'un ?

Elle avait presque l'air de bonne humeur, ce qui, pour notre directrice, signifiait seulement qu'elle n'était pas en train de piquer une crise de rage, de distribuer des remontrances, ou bien encore de lever les yeux au ciel en soupirant sur un ton exaspéré : « C'est joyeux… » Mademoiselle Mouette a réfléchi, puis s'est exclamée :

– Mais oui, bien sûr ! Les enfants, avant de partir, n'oublions pas de remercier madame la directrice qui nous a donné l'autorisation de partir en excursion. Sans elle, rien n'aurait été possible.

– Merci, madame la directrice, avons-nous tous (sauf Gaufrette) articulé avec un bel enthousiasme.

Car, une fois cette formalité accomplie, les vraies vacances pouvaient commencer : nous ne la reverrions pas avant la prochaine rentrée. Du moins nous en étions persuadés, jusqu'à ce que la directrice prononce ces mots qui nous ont glacé le sang :

– Changement de programme ! Les enfants, je vous accompagne à la mer pour m'assurer que vous vous tenez correctement.

J'ai remarqué avec horreur que la directrice, au lieu d'être vêtue de sa triste robe noire et coiffée de son éternel chignon, portait une robe jaune à grosses fleurs vertes et un chapeau de soleil à large bord. Pour confirmer la véracité de son propos, elle était équipée d'un sac de plage dont dépassait un tube de crème solaire. Seuls son visage revêche et sa voix désagréable indiquaient qu'il s'agissait bien de la même personne. Un murmure de désappointement a parcouru notre petit groupe, et les sourires se sont éteints. Même mademoiselle Mouette n'a pas pu s'empêcher de prendre un air accablé.

– CONCOMBRE DE MER ! CLAFOUTIS AUX..., a commencé Babouche.

Heureusement, j'ai réussi à placer ma main devant sa bouche. Il ne s'agissait tout de même pas que la directrice prenne prétexte des hurlements de mon copain pour annuler l'excursion sur-le-champ.

Dans le minibus, elle a pris place à côté du chauffeur et, sitôt qu'il a démarré, a commencé à lui faire part de ses remarques :

– Plus vite ! Moins vite ! Non, ne passez pas par là ! Pourquoi avez-vous pris cette direction ?

Bon sang, mettez votre clignotant ! Mais où donc avez-vous appris à conduire ? Sur un stand d'autos tamponneuses ?

Terrifié, le chauffeur obéissait aux ordres contradictoires et courbait la tête sous les critiques injustifiées. J'avais un peu de peine pour lui, mais, égoïstement, je me suis réjoui que la directrice ait choisi pour victime quelqu'un qui ne soit pas un élève. Cela m'a redonné du courage. Après tout, nous n'allions pas la laisser gâcher notre voyage. Elle aurait beau faire, elle ne pourrait pas nous empêcher de profiter du paysage, de jouer sur la plage, ni de nous raconter des blagues en chuchotant avant de nous endormir.

Quant à mon plan, on verrait bien ce qu'il en adviendrait. Je gardais bon espoir.

Une fois que nous sommes arrivés au terrain de camping, la directrice a fait la grimace en constatant que nous allions tous dormir dans une seule et unique tente.

– Elle est largement assez vaste pour contenir

huit enfants et trois adultes, a dit mademoiselle Mouette à la directrice pour la consoler.

Cette dernière n'a rien répondu, mais il n'y avait pas besoin d'être télépathe pour lire dans ses pensées. C'était comme si les mots « c'est joyeux… » s'inscrivaient en lettres lumineuses sur son front. Toute penaude, elle a installé ses affaires au fond de la tente et a prétendu, d'une voix moins criarde que d'habitude, qu'elle n'avait pas faim du tout. À ce moment, je me suis demandé si la directrice n'était pas, après tout, une personne humaine capable d'éprouver des sentiments. C'était juste avant qu'elle ne précise :

– J'ai dû attraper le mal des transports dans le minibus. Le chauffeur conduisait d'une manière tellement horrible !

Et pour prouver qu'elle était vraiment mal en point, elle s'est allongée par terre en gémissant comme une très mauvaise comédienne. Tout le monde, y compris le chauffeur et mademoiselle Mouette, a profité de la soi-disant maladie de la directrice pour s'éclipser.

Lorsque, trois heures plus tard, nous sommes

rentrés de la plage où nous nous étions délectés du coucher du soleil en savourant de délicieux sandwichs, la directrice ronflait légèrement. Nous nous sommes mis en pyjama sans faire de bruit. Quand on n'en a pas l'habitude, la vie au grand air est épuisante. Ibis a été la première à bâiller, et tout le monde l'a imitée. Bientôt, la nuit n'a plus résonné que des respirations paisibles des corps endormis.

– Advienne que pourra, ai-je pensé en serrant sur mon cœur un certain objet dont il a déjà été question.

Et j'ai fermé les yeux.

# 7

L'instant d'après, j'étais réveillé par le bruit des vagues, que n'arrivaient pas à couvrir les éclats de rire stridents de deux filles. En sentant sur ma peau la chaleur du soleil de Moukajou, j'ai su que mon plan avait fonctionné. Quelqu'un me tapait sur l'épaule. J'ai ouvert les yeux.

– Est-ce que tu connais ça ? m'a demandé un Jean-Vasistas radieux en me montrant un livre.

C'était un volume de *L'Iliade*, d'Homère. La dernière fois que je l'avais vu, c'était entre les mains de mademoiselle Mouette. À ma connaissance, il faut avoir au moins quinze ans pour comprendre quelque chose à cet ouvrage écrit il y a deux ou trois millénaires. Mais ce n'était pas l'avis de Jean-Vasistas :

– Ce sont les aventures d'un certain Ulysse, un Grec qui parcourt les mers et à qui il arrive des aventures fabuleuses. Je suis partagé entre le désir de le lire lentement pour profiter de la beauté de chaque phrase et l'idée de le terminer avant la fin de l'après-midi pour pouvoir commencer le tome suivant, *L'Odyssée.*

J'ai souri. Oui, mon plan était un véritable succès. En m'endormant au milieu de mes copains d'école avec la clé, je nous avais tous transportés sur l'île de Moukajou. Où, comme je l'espérais, chaque problème trouvait sa solution. J'avais hâte d'observer la métamorphose des autres élèves ! J'ai laissé Jean-Vasistas se replonger dans l'épais volume qui faisait ses délices, et me suis dirigé vers les deux filles que j'avais entendues rire.

Elles étaient tout au bord de l'eau et jouaient à s'éclabousser. Comme le soleil qui me faisait face m'aveuglait, je n'arrivais pas à voir de qui il s'agissait. À quelques mètres d'elles, j'ai cru être victime d'une hallucination. Mais j'ai dû me rendre à l'évidence. L'une était bel et bien la redoutable Aria, cette fille sauvage que je n'avais jamais vue donner la main à quiconque, et qui n'entrait en contact physique avec enfants ou adultes que pour allonger des gifles ou distribuer des coups de pied. Je savais bien qu'elle n'était pas foncièrement méchante, mais je n'aurais jamais pensé la voir un jour éclater de rire et jouer avec une amie. Cependant, je n'ai pas encore révélé l'aspect le plus insensé de la vision qui s'offrait à moi. Ce que j'avais sous les yeux, personne ne me croirait jamais si je le racontais à l'école. L'amie d'Aria, la « fille » avec qui elle s'amusait follement sur la plage, cette « fille » n'était pas une fille. Un rire mélodieux s'échappait de sa bouche maquillée, ses yeux noirs lançaient des étincelles de bonheur, une brise légère faisait voleter les plis de sa robe jaune à fleurs vertes, elle pouffait en regardant son chapeau à large bord s'éloigner vers l'horizon, emporté par les vagues. C'était invraisemblable, mais ce ne pouvait être que… la directrice !

Une fois, il y a longtemps, mon grand-père m'avait dit que tout le monde, même le plus féroce et le plus irascible des adultes, avait forcément été un enfant. Qu'il ou elle avait ri et pleuré, avait été vulnérable et (au moins pendant un certain temps) adorable. Ce que Thierry avait voulu me faire comprendre, c'est qu'il ne faut pas s'arrêter à l'image que certaines personnes tiennent à donner d'elles-mêmes, et que derrière des attitudes affreusement autoritaires se dissimulent des faiblesses que les gens s'imaginent devoir garder secrètes. J'avais écouté Thierry sans trop réfléchir et, surtout, sans comprendre ce que cette vérité impliquait.

Ainsi, jusqu'à cet instant, il ne m'était jamais arrivé de me demander si la directrice, qui était en temps normal une personne désagréable, avait été une petite fille. À la voir à présent si heureuse et si détendue, j'étais bien obligé d'admettre que cela avait dû être le cas. Et que, sur la plage de Moukajou, l'innocence enfantine refaisait surface. C'était toujours une dame, mais la gentillesse la faisait paraître beaucoup plus jeune et même assez jolie.

Je croyais ma stupéfaction à son comble,

lorsque j'ai aperçu, s'approchant d'Aria et de la directrice, le chauffeur de notre minibus. Puisqu'il dormait avec nous dans la tente, il avait été transporté également sur Moukajou. Il s'est approché à pas de loup de la directrice. Très absorbée par son jeu, celle-ci ne l'a pas vu ni entendu venir. Il n'allait tout de même pas avoir le culot de… si ! En un clin d'œil, le chauffeur a attrapé la directrice et l'a jetée à la mer tout habillée. Je ne donnais pas cher de la peau du chauffeur. Face à une telle attaque, n'importe qui se serait fâché. La directrice a sorti la tête, craché une partie de l'eau qu'elle avait ingérée, secoué ses cheveux et s'est exclamée en direction du chauffeur :

– Bravo, vous m'avez bien eue ! Ma robe est fichue, mais grâce à vous, comme je m'amuse ! Venez me rejoindre, très cher, la température de l'eau est délicieuse !

Sans plus se gêner, le chauffeur s'est jeté en slip dans la mer. La directrice et lui ont commencé une espèce de concours de natation, où chacun avait le droit d'éclabousser l'autre et d'essayer de lui mettre la tête sous l'eau. On aurait dit des amis de toujours.

Plus loin sur la plage, j'ai retrouvé le reste de notre petite équipe, très occupée à inventer un jeu compliqué avec une noix de coco. Ibis, dont la timidité semblait ne jamais avoir existé, menait les opérations avec fermeté :

– Strapontin, à toi de lancer la balle !

Le Strapontin que je connaissais en aurait profité pour créer un incident qui aurait fait dégénérer le jeu en un immense n'importe quoi. Mais là, bien sagement, il s'est exécuté sans envoyer trop fort la noix de coco vers Chacal.

Ce dernier, cependant, au lieu de rattraper la balle correctement, l'a ratée et est lourdement tombé en arrière. L'espace d'un instant, j'ai cru qu'il allait éclater en sanglots. Mais pas du tout. Assis par terre, il s'est mis à pouffer comme si tomber sur les fesses était le truc le plus drôle qui lui soit jamais arrivé de sa vie. Chacun ses goûts, ai-je pensé, mais à moi, personnellement, il en faut un peu plus pour me faire rigoler. J'ai continué mon petit tour d'inspection.

Aussitôt qu'ils m'ont vu, Babouche et Gaufrette ont accouru vers moi. Contrairement à la dernière fois, ils ne semblaient pas étonnés par ce nouveau voyage.

– Ferdinand, a demandé Babouche, tu as la clé ? Il faut qu'on retourne à la…

Gaufrette lui a coupé la parole :

– Bien sûr qu'il a la clé ! Il l'a forcément, puisque c'est grâce à elle qu'il nous a transportés ici. Au fait, Ferdinand, quelle bonne idée d'avoir amené les autres ! Ici, à Moukajou, ils ont tous un petit truc bizarre, comme s'ils étaient à la fois eux-mêmes et des personnes différentes. C'est un sentiment que j'éprouve, mais sans parvenir à mettre le doigt sur ce qui a changé chez chacun d'entre eux, tu vois ce que je veux dire ?

Je voyais effectivement très bien.

Et j'ai souri en comprenant que Gaufrette n'avait pas conscience de sa propre transformation.

– Poul… euh, Gaufrette, a grondé Babouche, on n'a pas assez de temps pour les sentiments étranges. Il faut que nous retournions à la maison de l'autre fois et que nous ouvrions la porte avec la clé avant que…

Cette fois, c'est moi qui ai coupé la parole à Babouche.

– Les amis, j'apprécie votre soutien, mais je crois que ce qu'il y a dans cette maison ne concerne que moi. Je vais y aller seul.

– Je comprends, a dit Babouche.

– Moi aussi, je comprends, a renchéri Gaufrette. Tu as certainement raison, et tu remarqueras que nous ne te demandons pas de tout nous raconter. Car si cette clé est arrivée chez toi, dans un paquet avec ton nom écrit dessus, cela signifie que c'est une affaire personnelle. Babouche et moi allons respecter ton intimité, mais sache que si tu as besoin de nous tu nous trouveras ici à t'attendre. C'est à cela que servent les amis. Les vrais amis, en tout cas. Car tu dois savoir, Ferdinand, que nous sommes…

Je n'ai pas attendu la fin de l'interminable discours de Gaufrette, qui semblait se rattraper de toutes les années de mutisme qu'elle avait traversées. J'étais déjà en marche vers la petite maison blanche. Cette fois, je n'avais pas mal aux pieds, car j'avais pris soin de me coucher avec mes baskets.

Je suis arrivé devant la porte. J'ai retiré de mon cou la ficelle à laquelle la clé était accrochée. Je me suis préparé à la faire tourner dans la serrure et…

… et la porte s'est ouverte toute seule. Ou plutôt, quelqu'un l'a ouverte juste avant que je ne le fasse.

– Entre, Ferdinand.

Comment aurais-je pu ne pas reconnaître cette voix ?

Très ému, j'ai repris ma respiration avant de pénétrer dans la maison. Il n'y avait pas d'entrée à proprement parler. À peine avait-on franchi le seuil qu'on était déjà dans une sorte de salon avec plusieurs sofas, des fauteuils et beaucoup de coussins. J'ai eu l'impression que la pièce était sombre, mais c'était seulement par contraste avec le grand soleil qui brillait dehors. Après quelques secondes, mes yeux se sont habitués à la lumière particulière qui y régnait. J'ai vu la silhouette vêtue de blanc d'Océanie se diriger vers le fond de la pièce et s'asseoir dans le plus grand des canapés.

– Viens près de moi si tu veux.

J'étais soulagé qu'elle ne m'ait pas pris dans ses bras dès mon arrivée. Il allait me falloir un peu de temps pour m'habituer à cette situation. J'ai préféré m'installer dans un fauteuil.

– Je suis heureuse que tu sois revenu, a dit Océanie. Tu vas rester avec moi ?

– Tu m'as manqué, ai-je répondu.

– Je sais.

Elle a baissé les yeux.

– Je n'aurais jamais dû te laisser quand tu étais encore un tout petit garçon, a-t-elle repris.

Ces mots me bouleversaient, parce que je repensais à toutes ces années où sa présence m'avait fait défaut. Mais en même temps, l'écouter en parler me faisait du bien.

– Thierry m'a expliqué, ai-je dit, que tu étais partie parce que tu pensais que tu ne pouvais pas faire autrement.

– C’est vrai, a-t-elle reconnu. Je me sentais appelée ailleurs. Mais je ne suis pas partie joyeuse. J’étais très triste de te laisser derrière moi.

Et moi, j’étais très fâché d’entendre cela. Lorsque j’étais un bébé incapable d’avoir la moindre influence sur ce qui se décidait à mon sujet, elle était partie sans me demander mon avis. Et maintenant, il était question de sa tristesse à elle ! Je trouvais cela complètement injuste. Mais je ne voulais pas gaspiller des instants précieux en entamant une dispute qui risquait de durer longtemps. Ce qui m’intéressait, c’était d’en savoir davantage. J’ai demandé :

– Tu es ici depuis toutes ces années ?

Elle a ri doucement avant de répondre.

– Non, Ferdinand. Lorsque je suis partie, j’ai commencé par aller dans la mauvaise direction. Je cherchais quelque chose, mais je ne savais pas quoi. J’ai rencontré des gens, j’ai vécu des expériences. J’ai beaucoup voyagé. J’ai dû parcourir le globe terrestre trois ou quatre fois dans tous les sens, avant de m’arrêter ici.

– Et pourquoi cet endroit ? Pourquoi l'île de Moukajou ?

– Et pourquoi pas ?

J'ai détesté cette réponse. Océanie affichait son fameux air mystérieux, celui qui donnait l'impression qu'elle se souciait beaucoup plus d'elle-même que des sentiments de son interlocuteur.

Cependant, elle a remarqué que j'étais fâché et a repris gentiment.

– Ce que j'ai compris, Ferdinand, c'est que pendant toutes ces années où je cherchais l'endroit idéal pour vivre, je ne pouvais pas le trouver, car il n'existait pas. L'important, tu vois, c'est d'être en paix avec soi-même. Ensuite, l'accord avec le reste du monde arrive tout naturellement. Moukajou n'est peut-être pas l'endroit idéal, mais il ne tient qu'à moi d'y mener une vie parfaite.

J'étais loin d'être convaincu.

– Alors tout va bien pour toi ? Il ne te manque rien ? Vraiment rien du tout ?

Océanie a baissé les yeux.

– Pourquoi crois-tu que je t'ai envoyé cette clé ?

– Eh bien, tu voulais que je te rende visite. Tu voulais me montrer combien tu allais bien. Tu voulais peut-être aussi voir à quoi je ressemblais. Alors ? Qu'est-ce que tu en dis ? Tu n'es pas trop déçue ? Tu ne me trouves pas trop…

Je n'ai pas pu terminer ma phrase tellement les émotions se bousculaient dans ma tête. J'avais eu envie d'être dur et de faire passer des reproches dans mon discours, mais maintenant j'étais submergé par le désir de me rapprocher d'elle. Je n'ai pas eu besoin de faire un geste. Elle s'est levée et s'est approchée de moi.

– Oh, Ferdinand !

Sans pouvoir me retenir, je me suis jeté dans ses bras. Puis je suis resté là sans penser à rien, les yeux fermés, bien au chaud. J'aurais aimé que ce moment dure l'éternité. Mais Océanie a fini par rompre le silence.

– Tu restes avec moi ?

Elle me regardait avec espoir, tout en semblant redouter ma réponse.

– Cette fois, ai-je demandé, c'est à moi de décider ?

Elle n'a rien dit.

– Tu commences par m'abandonner. Tu m'envoies juste, de temps en temps, un petit cadeau ou bien une lettre bizarre à laquelle je ne peux même pas répondre parce que je n'ai pas ton adresse et puis, tout à coup, tu me proposes de venir vivre avec toi ?

J'étais de nouveau fâché. Je me suis écarté d'elle.

– Si je reste, qu'est-ce qui me prouve que tu ne vas pas disparaître de nouveau ? Qu'est-ce que je ferais tout seul ici ? Est-ce que je pourrais retourner d'où je viens ?

– Tu as raison, a reconnu Océanie sur un ton penaud que je ne lui connaissais pas encore. Lorsqu'on prend une décision, on ne peut jamais être tout à fait certain que c'est la bonne. Je comprends que tu ne me fasses pas confiance.

J'ai eu un peu pitié d'Océanie.

– Ce n'est pas seulement que je n'ai pas confiance, ai-je dit, c'est que… Même si j'ai envie de rester avec toi, je ne suis pas prêt à abandonner mes amis. Ça n'a pas toujours été le cas, mais je vais dans une école où je me sens vraiment bien. Et puis, tu vois, Thierry compte beaucoup sur moi. Il veut ouvrir un restaurant de spécialités américaines, et ce serait bien que je puisse l'aider pendant les vacances. Il est devenu un très bon cuisinier, tu sais ?

Océanie a souri.

– Je peux l'imaginer. Déjà, quand j'étais petite, il me préparait les meilleurs croque-monsieur du monde.

Soudain, j'ai entendu une voix que je connaissais :

– Ferdinand ? Tu es là ?

J'ai couru ouvrir. Mademoiselle Mouette se tenait devant la porte. Elle souriait.

– Tu me présentes à ta maman ?

De stupeur, j'ai bafouillé :

– Mais co... comment le savez-vous ? Personne n'est au courant !

– Il faut croire que cette île m'a donné le talent de lire dans les pensées. Et je sais aussi que tu es confronté à un choix important. Alors je voulais te préciser que les élèves et moi retournerons de l'autre côté dans peu de temps. Si tu rentres avec nous…

– Ce choix, a protesté Océanie du fond de son canapé, il appartient à Ferdinand et à personne d'autre de le faire.

– Je n'ai jamais prétendu le contraire, a dit gentiment mademoiselle Mouette.

Sur le pas de la porte, entre Océanie et mademoiselle Mouette, j'étais pris en sandwich entre deux options impossibles à départager, entre deux futurs possibles. Je tenais la clé dans ma main droite. Je l'ai lâchée. Le léger son qu'elle a produit en touchant le sol en terre battue m'a arraché le cœur.

# 8

– Ferdinand, Ferdinand, appelait une voix douce.

J'ai ouvert les yeux. J'avais froid et chaud à la fois, je me sentais fiévreux. Même à la vue du visage qui se tenait au-dessus de moi, mon sentiment de malaise persistait.

– Tout va bien, Ferdinand. Ne t'inquiète pas.

– Je… ai-je dit, je ne vois rien.

Je ne savais pas où j'étais. Ma vision était floue.

– Est-ce que vous êtes…

Je ne trouvais pas mes mots. Les larmes me sont montées aux yeux.

– C'est moi, a repris la voix douce. C'est moi, mademoiselle Mouette.

– Est-ce que je me suis trompé ? Je voulais tellement… Je devais prendre une décision impossible et je…

– Tu as dû faire un rêve très éprouvant. Tu t'agitais dans ton sommeil. Tu avais l'air tellement triste que j'ai préféré te réveiller. Tu ne m'en veux pas ?

J'ai secoué la tête. Peu à peu, je reprenais mes esprits. Avec sa patience habituelle, mademoiselle Mouette a attendu que je sois capable de m'asseoir. Nous étions dans la grande tente et tout le monde, à part nous, était encore endormi.

– Viens, a-t-elle repris. Mets ton sweat-shirt, et allons marcher un peu. La fraîcheur du dehors te fera du bien.

Sans bruit, nous sommes sortis de la tente. Le soleil venait de se lever. Au loin, un coq a chanté.

J'étais incapable de parler. Mademoiselle Mouette m'a pris par la main, nous avons quitté le terrain de camping et marché sur un chemin pendant un long moment. Elle non plus ne disait rien, attendant que je prenne l'initiative de la conversation.

– J'ai…

Mademoiselle Mouette m'a souri, attendant la suite.

– J'ai un peu faim, ai-je repris.

– Moi aussi. Qu'est-ce que tu dirais d'un bon petit déjeuner ?

Nous arrivions en vue du village. J'ai demandé :

– Mais si les autres se réveillent ?

Mademoiselle Mouette a laissé échapper un petit rire malicieux.

– Dans ce cas, madame la directrice se fera un plaisir de tout organiser !

J'ai éclaté de rire à mon tour.

Quelques minutes plus tard, nous étions tous deux attablés dans un café, et une vieille dame apportait sur notre table des bols de chocolat chaud, du beurre, de la confiture de fraises et les plus grandes tranches de pain frais que j'aie jamais vues.

Mademoiselle Mouette a un don pour simplifier les choses les plus compliquées. Par exemple, elle ne s'étonne jamais des bizarreries de chacun. Aussi n'ai-je pas craint de lui raconter tout ce qui était arrivé la nuit précédente à Moukajou. Évidemment, j'ai tout de même pris soin de présenter les événements comme s'ils faisaient partie d'un rêve.

– C'est étrange, a-t-elle dit, songeuse. Cette histoire me rappelle vaguement quelque chose. Je me demande si je n'ai pas fait le même rêve que toi et si ton récit ne réveille pas ma mémoire.

J'ai continué à raconter. Lorsque j'en suis arrivé au moment du choix, mademoiselle Mouette a posé sa main sur la mienne.

Sans le savoir, elle m'a répété les paroles d'Océanie :

– Lorsqu'on prend une décision, on ne peut jamais être tout à fait certain que l'on fait le bon choix.

Puis elle m'a regardé droit dans les yeux et a continué :

– Parfois on ne peut pas s'empêcher de penser que l'autre choix était peut-être le meilleur.

Pourtant, il faut avancer sur le chemin qu'on s'est fixé. Parce que regretter, cela ne sert à rien. À rien du tout.

Intrigué, j'ai demandé :

– Cela vous est-il déjà arrivé de prendre une décision que vous avez regrettée ensuite ?

– Bien sûr, s'est exclamée mademoiselle Mouette. Plus d'une fois ! Et cela m'a appris à accepter les regrets. Ils sont inévitables, mais on n'est pas obligé de passer sa vie à les ressasser.

– Est-ce que vous avez déjà eu envie d'être quelqu'un d'autre ? Quelqu'un de légèrement différent ?

Mademoiselle Mouette a réfléchi avant de répondre.

– Je crois que chaque matin nous sommes légèrement différents de la personne que nous étions la veille lorsque nous sommes allés nous coucher.

– Dans mon… rêve, ai-je repris, Babouche n'avait plus de crises de hurlements. Gaufrette parlait, Jean-Vasistas savait lire et la directrice était… sympathique.

– Pas de doute, s'est exclamée mademoiselle Mouette, c'était un rêve !

– Mais, ai-je insisté, ils avaient l'air plus heureux que dans la réalité. J'aurais voulu pouvoir les ramener transformés…

Mademoiselle Mouette a pris un ton extrêmement sérieux et m'a parlé comme si j'étais beaucoup plus vieux. Comme si j'étais un adulte.

– Sans doute, a-t-elle précisé, que les choses seraient plus simples pour Jean-Vasistas s'il savait lire, pour Gaufrette si elle pouvait parler et pour Chacal s'il ne fondait pas en larmes à tout bout de champ. Peut-être cela leur arrivera-t-il. Tu peux en rêver si tu veux, mais ce n'est pas cela qui changera les choses. Il est possible que tes amis demeurent tels qu'ils sont, avec certaines particularités qui leur compliquent un peu la vie. Et dans ce dernier cas, qu'est-ce que tu crois qu'il leur faudra faire ?

– Apprendre à s'aimer eux-mêmes, ai-je proposé. Accepter d'être aimés par les autres tels qu'ils sont ?

Mademoiselle Mouette a acquiescé, puis est allée demander à la dame s'il restait encore un peu de chocolat chaud.

Lorsque nous sommes rentrés au terrain de camping, un comité d'accueil nous attendait.

« T.T. OUH ? » était-il inscrit sur le carnet que me tendait Gaufrette.

– SUPERFLU ! TÊTE-DE-LOUP ! CACATOÈS ! a hurlé Babouche en guise de discours de bienvenue

Rien ne semblait avoir changé, et c'était très bien comme ça. Cependant, au fur et à mesure que nous approchions de notre tente, il m'est apparu qu'une ambiance étrange régnait sur le campement. Debout au milieu des élèves stupéfaits, la directrice était en train de remplir des bols de lait et de céréales pour tout le monde. Lorsqu'elle nous a aperçus, elle s'est écriée :

– J'adore le camping ! C'est, c'est.. c'est joyeux !

Et, inconsciente de l'incrédulité qui s'exprimait dans le regard des élèves, elle a laissé un grand sourire illuminer son visage. Mademoiselle

Mouette m'a jeté un coup d'œil stupéfait et a murmuré à mon oreille :

– Peut-être que certains rêves ont le pouvoir de changer la réalité, après tout.

# 9

Après être rentré du voyage de classe, j'avais eu un petit coup de mou, selon l'expression de Thierry. Autrement dit, pendant plusieurs jours, j'avais préféré ne voir personne. D'une certaine manière, cela tombait bien, puisque j'étais en vacances. J'avais pu rester toute la journée au lit, à dévorer de grosses piles de bandes dessinées et de mangas que Stéphanie renouvelait chaque jour.

– Si tu continues de lire à cette vitesse, m'avait-elle dit, tu vas bientôt venir à bout du rayon BD de la bibliothèque municipale ! Est-ce que tu ne préférerais pas plutôt faire une petite balade ?

J'avais décliné sa proposition. J'avais bien compris qu'elle s'inquiétait pour moi, mais j'avais besoin de passer ce temps tout seul. Thierry, lui, était très rarement à la maison. Il avait trouvé un nouveau job dont il m'avait dit peu de chose, mais qui semblait beaucoup l'occuper. Gaufrette était allée passer la semaine chez sa tante. Quant à Babouche, il ne donnait aucune nouvelle.

J'avais eu beau retourner toutes mes poches et vider mon sac de voyage sur le sol, je n'avais pas retrouvé la clé de la maison de Moukajou. Et même si je passais beaucoup de temps à dormir, il semblait que, désormais, je n'étais plus capable de me souvenir de mes rêves.

La fin des vacances approchait lorsque Babouche s'est décidé à m'appeler.

– On sort dîner ce soir, a-t-il déclaré avec autorité.

– Chez toi, avec tes parents ?

– Non, ailleurs, tous les deux.

C'était plutôt mystérieux. Avec Babouche, il nous était souvent arrivé d'aller faire un tour l'après-midi. Nous allions au square, ou bien dans les magasins regarder les jeux vidéo. Mais jamais nous n'étions « sortis dîner », comme le font les adultes. Est-ce que cela signifiait que nous avions vieilli ? En tout cas, pas suffisamment pour que je me passe de la permission de mon grand-père

– Bonne idée, m'a lancé ce dernier au téléphone. Amuse-toi bien !

J'ai été surpris que Thierry ne demande pas d'autre précision. Décidément, ai-je pensé, je dois être en train de devenir un vrai ado. Les poils allaient-ils me pousser sur le menton ? Est-ce que, du jour au lendemain, j'allais me retrouver affublé d'une grosse voix ? Je n'ai pas eu le temps de m'attarder sur ces questions. Déjà, Babouche sonnait à la porte.

– Comment, s'est-il indigné, tu n'es pas encore prêt ? J'espère que tu n'as pas l'intention de sortir dans cet état !

Lui-même était sur son trente et un, en pantalon gris clair et veste assortie, avec un petit nœud papillon sur sa chemise rose pâle. Je me suis retenu de rire pour ne pas le vexer.

– Je ne crois pas, ai-je dit, que je possède des vêtements aussi élégants que les tiens.

– Essaie ça, m'a répondu Babouche en me tendant un sac en plastique. Ce sont des trucs que je mettais l'année dernière. Comme je suis plus grand que toi, ils devraient t'aller.

J'ai enfilé le costume couleur vanille et la chemise violette qu'il avait pris la peine de m'apporter. Devant le miroir, j'ai pensé que je n'avais jamais eu l'air aussi ridicule de ma vie. Cette idée m'a arraché un sourire. Qu'est-ce que cela pouvait bien faire ? Si Babouche souhaitait que nous allions dîner déguisés en messieurs, je n'allais pas lui refuser ce plaisir. Après tout, il était peu probable que nous rencontrions des personnes de connaissance.

Après avoir daigné m'informer que nous allions dans un restaurant « très chic et très bon », Babouche a refusé de m'en dire davantage. Je n'avais qu'à le suivre et je verrais bien. Toutes ces journées passées au lit m'avaient ramolli. J'étais heureux, en fin de compte, de sentir sur mon visage la fraîcheur du soir. Même si je connaissais les rues que nous empruntions, je n'avais pas la moindre idée de l'endroit où m'emmenait Babouche. Ce n'est qu'au dernier moment qu'une intuition m'est venue :

– Est-ce que tu m'emmènes à La Porcherie, le café où travaillait mon grand-père il y a quelques mois ?

Babouche m'a fait comprendre d'un signe qu'il ne me répondrait pas. J'ai insisté :

– Si c'est l'endroit où tu voulais m'emmener, il faut que tu saches qu'il a fermé. Il n'y aura personne.

Justement, nous arrivions dans la rue de La Porcherie… qui n'avait pas l'air désertée du tout. Au contraire, la vitrine était décorée d'ampoules qui clignotaient comme si c'était Noël La façade avait été repeinte d'un rouge orangé du plus bel effet. Au-dessus de la porte, l'enseigne de La Porcherie avait été retirée et, en lettres anglaises, s'affichait à présent le nom du nouvel établissement, « Thierry's ».

J'avais peine à en croire mes yeux, mais tous les éléments s'assemblaient dans mon cerveau. Pendant que je faisais ma cure de BD, Thierry avait apporté la dernière touche au projet qu'il mûrissait depuis son retour des États-Unis. Il avait ouvert son restaurant, dans le plus pur style américain. Et ce soir, c'était l'inauguration.

– *Hi, dudes*!* a dit Thierry lorsque Babouche et moi avons franchi le seuil.

Un sourire jusqu'aux oreilles illuminait son visage. Il a serré la main de Babouche, a déposé un baiser sur mon front et nous a conduits dans la salle du fond où une grande table était dressée. Au plafond pendait une ribambelle de fanions multicolores.

Mon cœur battait déjà très vite, mais à la vue des autres convives il a failli exploser. Gaufrette et ses parents, Ibis et sa grande sœur, Jean-Vasistas, Stéphanie, mademoiselle Mouette… On aurait dit une fête rassemblant tous les gens que j'aimais.

* Salut, les potes !

Comme c'était la soirée d'ouverture, Thierry et le serveur qui travaillait avec lui nous ont apporté un grand plat de frites et une montagne de hamburgers maison. Il y en avait un, tout simple, qui s'appelait « Ferdinand ». Celui avec un œuf sur le plat portait le nom de « Stéphanie ». Un burger de plus petite taille, sans doute destiné au menu enfant, avait été baptisé du nom de « Gaufrette ». Thierry m'a indiqué une coupe remplie de petites crevettes et de quartiers de pamplemousse recouverts d'une sauce rose :

– Je te conseille la salade « Océanie ».

J'ai tressailli. Alors que tout allait de nouveau bien, fallait-il que je repense à ce qui risquait de me faire encore de la peine ? Thierry s'est assis à côté de moi et, pendant un instant, les autres invités sont passés au second plan.

– Tu ne dois pas t'empêcher de penser à ta maman, Ferdinand. Moi aussi, je pense à elle, car elle est ma fille, et que je n'ai jamais cessé de l'aimer. Rien ne dit que nous ne la reverrons jamais. Si elle revenait un jour, il faudrait qu'elle sache qu'elle a sa place parmi nous.

J'ai regardé Thierry, puis mes amis autour de la table. Babouche et Gaufrette étaient là, tout près de moi. Je savais que notre amitié était profonde. Je pouvais compter sur eux. Pouvais-je en dire autant de ma mère, qui apparaissait et disparaissait au gré de sa fantaisie ? Les seules photos d'elle que je possédais étaient celles où elle serrait contre son cœur le bébé que j'avais été. Quelques mois après ma naissance, elle était partie en me confiant aux bons soins de Thierry. Pourquoi avait-elle jugé plus important de courir le monde plutôt que de s'occuper de son fils ? Me le dirait-elle un jour ? Et alors ne serait-il pas trop tard pour que je lui pardonne ?

Thierry et tous mes amis me regardaient. Je lisais dans leurs yeux l'affection qui nous unissait. Non, il n'était jamais trop tard pour l'amour.

J'ai attrapé ma fourchette et goûté la salade de crevettes. La sauce rose était délicatement sucrée et citronnée avec juste ce qu'il fallait d'amertume. J'ai tendu un pouce en signe d'acquiescement vers mon grand-père. Oui, Thierry's était sans doute le meilleur restaurant américain de notre continent. Et tout le monde y était le bienvenu.

## *Quelques précisions sur notre exposé*

*J'ai raconté du mieux que j'ai pu la manière dont Gaufrette, Babouche et moi avions présenté notre exposé à mademoiselle Mouette et à notre classe, mais je crois qu'il est utile de reproduire ici quelques-uns des dessins que nous avons montrés. Pour ne pas faire de jaloux, en voici un réalisé par chacun des intervenants et accompagné des précisions de son auteur.*

*(En fait, le dernier dessin, le mien, n'a pas été présenté lors de l'exposé. Personne ne l'a vu jusqu'à présent.)*

*Ferdinand*

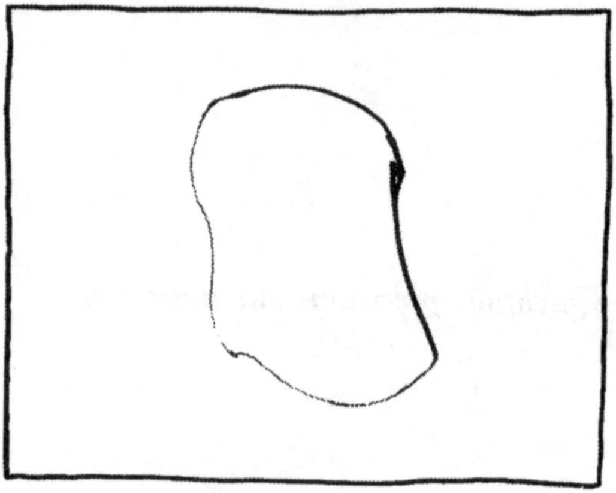

DESSIN N° 1

*Alors, voilà. Vous croyez peut-être que j'ai dessiné une pomme de terre. En fait, il s'agit de l'île de Moukajou. C'est la forme que l'on distingue lorsqu'on la survole en avion. De nombreux pays, vus d'en haut, ressemblent à un objet. L'Italie, par exemple, a la forme d'une botte ; cela a-t-il un effet sur l'excellente qualité des chaussures italiennes ? Je ne sais pas. En tout cas, sur l'île de Moukajou, on peut, d'après ses habitants, déguster les meilleures pommes de terre frites de tout l'archipel de Micronésie. Pour ceux qui sont intéressés, je leur donnerai la recette après l'exposé.*

*Babouche*

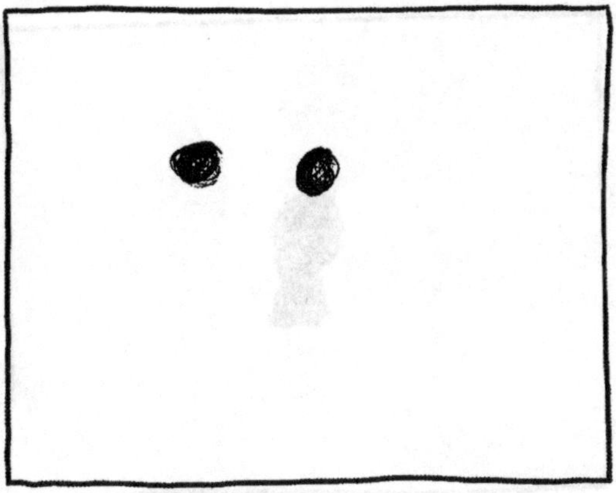

DESSIN N° 2

*NON, C PA JUSTE D PETI RON NOIR. C LA JJ BLANCHE, L'OIZO LE PLUS BLANC DU MONDE. L EST SI BLANCHE KON NE VOI KE SA LORSKEL EST POZE SUR LE SABLE-BLAN : C BO ZYEU NOIR.*

*Gaufrette*

DESSIN N° 3

*C'est l'image qui me vient à l'esprit quand je pense à Moukajou. Parce que, bien sûr, lorsqu'on voit une serrure, on pense à la clé qui entrerait dedans et à la porte qui s'ouvrirait en révélant ses secrets. La clé de Moukajou, je l'ai eue en ma possession, mais je ne l'ai plus. Elle est restée sur l'île. Je ne le regrette pas. Il y a certains secrets qu'on ne peut pas partager autrement qu'en rêve, même avec ses meilleurs amis.*

*Ferdinand*

## *Note de l'auteur à propos de Moukajou*

Pour décrire l'île imaginaire de Moukajou, je n'ai pas pu m'empêcher de m'inspirer de celle, bien réelle, de Nauru. Car je la trouve, par beaucoup d'aspects, très attachante. Hélas, je ne m'y suis pas rendue moi-même, mais j'ai lu, en particulier *Nauru, l'île dévastée : comment la civilisation capitaliste a détruit le pays le plus riche du monde*, le livre passionnant de Luc Folliet (Éditions de la Découverte). En fait, jusqu'en 1968, le destin de Moukajou et de ses habitants est semblable à celui de Nauru. Mais à partir du moment où l'on a commencé à exploiter le phosphate de manière intensive, j'ai préféré imaginer pour Moukajou un destin plus heureux que celui de Nauru. Une sorte de Nauru « parallèle », où le pays ne s'est pas retrouvé tout à fait ruiné après l'épuisement des ressources en phosphate, où de meilleures solutions ont été trouvées et où un certain nombre d'erreurs, dont les actuels habitants de Nauru doivent subir aujourd'hui les conséquences, ont été évitées.

Bien sûr, il était plus facile pour moi de raconter une histoire sous la forme d'un conte que pour les gouvernements successifs de Nauru de faire des choix judicieux. L'une des raisons pour lesquelles je passe mes journées à écrire des histoires inventées plutôt que de me lancer dans une brillante carrière politique est que je m'en sors beaucoup mieux avec la fiction qu'avec la réalité.

*Hélèna Villovitch*

Kalksteinbruch
und Bauschuttdeponie
Steinkaule
Neanderthal Museum
Düssel
Neanderthal Museum
Fundort
P
P
Feldhof
Tatort
Neanderthal Museum
Steinzeitwerkstatt
Neanderkirche
Alt-
Hochdahl
P P+R
S
Hp. Hochdahl
Bruchhausen
0
500 m
Kartographie: U. Beha
Trills